আঁধারের কাছে

সাদিয়া সিদ্দিকা

For permission requests, please contact:
Sadiya Siddika
Email: Sadiyasiddika01@gmail.com

Book Title: *আঁধারের কাছে [Adharer Kache]*
First Edition

Cover design by Kousik Zaman

উৎসর্গ

বস্তুত রাগী মানুষগুলোই ভালোবাসতে জানে বেশি।

বাবা, তোমাকেই।

না চাহিলে যারে পাওয়া যায়,

তেয়াগিলে আসে হাতে দিবসে

সে ধন হারায়েছি আমি,

পেয়েছি আঁধার রাতে!

ভূমিকা

'আঁধারের কাছে' লেখার মাঝামাঝি সময়ে মনে হলো, এটা শেষ করা আর সম্ভব না আমার পক্ষে। একজন মৃত মানুষকে ফুটিয়ে তুলতে পারছিলাম না কিছুতেই। সিদ্ধান্ত নিলাম লেখা এখানেই বন্ধ করে দিবো। মৃত মানুষকে কেনো ফুটিয়ে তুলতে হবে আমার? মৃত মানুষ মানেই মৃত। তাকে ফুটিয়ে তোলার মতো কোনো গুরুত্ব দেখছি না। ঠিক তখনই কৌতূহল জন্মালো, একজন মৃত মানুষকে ফুটিয়ে তোলা বা এর রহস্য বের করতে হলেও আমাকে লেখাটি শেষ করতে হবে। একটা সময় রহস্যে যেতে যেতে দেখলাম কৌতূহলের মাধ্যমে লেখাটি শেষ হলো। এই শেষ হওয়াটা ছিল আমার কাছে অত্যন্ত আনন্দের। আমি মনে করি, পাঠক কিছুটা হলেও আমার আনন্দ অনুভব করতে পারবেন।

১

দুর্গাপুরে যখন ট্রেন এসে থামলো, তখন সবে মাত্র বৃষ্টি থেমেছে। ঝুপঝুপ করে একটু আগে দুনিয়া কাঁপিয়ে বৃষ্টির পরশ বুলিয়ে দিয়ে গেছে। পরিবেশ এখন ঠাণ্ডা, তবে মেঘাচ্ছন্ন। স্টেশনের টিনের যাত্রী ছাউনি বেয়ে টুপটুপ করে পানি পড়ছে। দুর্গাপুরের আকাশের অবস্থা তেমন ভালো দেখাচ্ছে না। আকাশ দেখাচ্ছে অশনিসংকেত। যেকোনো সময় আবার নামতে পারে ভয়াবহ বর্ষণ। বৃষ্টির আগ মুহূর্তের প্রকৃতিটা সুন্দর। আপেক্ষিক অর্থেই সুন্দর। কেমন একটা অন্ধকার পরিবেশ বিরাজ করে। শোঁ শোঁ করে বাতাস বইতে থাকে। মাটিতে কেমন একটা ভেজা ভেজা গন্ধ আগে থেকেই তৈরি হয়ে থাকে। এতো সুন্দর প্রকৃতি!

আরেক দফা বৃষ্টি হবেই মনে হয়। জবা ট্রেন থেকে নেমেই পাশের বেঞ্চিটাতে বসলো। জবার পেছনে এসে দাঁড়ালো নিতু। ভারি চমৎকার মেয়ে সে। হাতে লাল রঙের একটা লাগেজ। জবার ছোট বোন এবং একমাত্র আদরের ভাগীদার।

জবা বসে আছে চোখ-মুখ কঠিন করে। একটু পরেই চুল-টুল উড়িয়ে বিরাট শব্দ করে ট্রেন পরের গন্তব্যে চলে গেলো। ঠিক এ সময়ে ঝমঝম করে আবার আকাশ কাঁপিয়ে বৃষ্টি নামতে শুরু করলো। ব্যাগে হয়ত ছাতা নেই। কেন থাকবে? তারা কি ঢাকা শহরে বসে ভেবেছে যে দুর্গাপুরে এমন না বলে-কয়ে বৃষ্টি নামবে? আর বৃষ্টি কি কখনো বলে-কয়ে নামে? কি এক মহা মুশকিলে পড়তে হলো! ছাতা তো নেই সাথে, এরমধ্যে ভাঙা ছাউনি দিয়ে ময়লা পানি পড়ছে! যাচ্ছেতাই অবস্থা একেবারে। এ অবস্থায় একটাই রাস্তা, বড় চাচার বাড়িতে এখুনি রওনা হওয়া। জবা কিছু একটা বলতে যাবে তার আগেই নিতু বললো, "এই আপা, কি বিচ্ছিরিভাবে বৃষ্টি হচ্ছে দেখেছো? এই ঝুম বৃষ্টিতে আমরা বড় চাচার বাসায় যাবো কি করে? এই অজপাড়া গাঁয়ে রিকশাও তো পাবো না। আজ কি তাহলে আমরা এখানেই রাত্রিযাপন করবো?"

জবা বিরক্ত হয়ে বলল, "এখানে কেন রাত্রিযাপন করবো? ভ্যান আছে। তাতে উঠে দিব্যি যাওয়া যায়। কিন্তু সমস্যা হচ্ছে কাদায় ভ্যান চলাচলে অসুবিধা হবে অনেক। চাকা পিছলে আলুর দম অবস্থা হবে। আর ভাগ্যক্রমে পেলেও এরা যেতেই চাইবে না। গ্রামের বৃষ্টিতে ওরা উল্লাস করে, মাতামাতি করে।"

নিতু অগত্যা চুপচাপ দাঁড়িয়ে রইলো। আসলেই তো। এটা তাদের শহর নাকি যে রিকশা ডাকলেই রিকশা আসবে আর চট করে উঠে বসে পড়বে কিচ্ছা শেষ।

তার চেয়ে বড় কথা হচ্ছে, এই অজপাড়া গাঁয়ে একা দুটো মেয়েকে কোন ভ্যান চালকই নিতে চাইবে না। একটা অদ্ভুত নিষেধাজ্ঞা জারি বহাল হয়ে আছে যেন এই গ্রামে। অথচ কত মানুষ, তারা মনে হয় শিক্ষার ছিটেফোটা পায়নি এখনো। স্টেশনের অনেকেই তাদের দিকে তাকিয়ে তাকিয়ে দেখছে। কি এক অস্বস্তিকর অবস্থা! জবা মেয়েটা তাতে কোনোরকম বিচলিত হল না, বরং সে একেবারেই সহজ ভঙ্গিতে উঠে দাঁড়ালো এবং বয়স চল্লিশেক এক লোকের সামনে গিয়ে জিজ্ঞেস করলো, "আপনি কি দয়া করে বলতে পারেন এখান থেকে দুর্গাপুর সদরবাড়ি কতদূর?" লোকটা মনে হয় খানিকটা ধাক্কার মত খেলো! সে হয়ত আশাই করেনি খয়েরি রঙের শাড়ি পরা চমৎকার মেয়েটা তার সাথে এতো বিনয়ের সাথে কথা বলবে! সে কালো কুৎসিত দাঁত বের করে বলল, "এইখান থেকা মাইল চারেক রাস্তা হইব। তা আপনেরা যাইবেন কই? এই দিন-দুপুর বেলা ডাকাইতের ভয়ডর নাই দিলে?"

জবা হেসে বলল, "আমরা যাবো চাচার বাসায়। আমরা দুই বোন ঢাকা থেকে এসেছি। রাস্তা চিনতে পারছি না। আপনি কি দয়া করে একটু ব্যবস্থা করে দিবেন?"

লোকটা কোনোরকম মাথায় আঙুল চালিয়ে বলল, "এই বৃষ্টির দিনে কেউ বাইর হইব না। তবে আমার এক পরিচিত ভ্যান চালক আছে, তারে কইলে ঠিক পৌঁছাইয়া দিবে। আপনারা যাইবেন কার বাড়ি?"

জবা যেন হাঁফ ছেড়ে বাঁচল। সে দ্রুত জবাব দিলো, "আমরা যাবো ইশরাক আহমেদের বাসায়। উনি আমাদের বড় চাচা হন।"

লোকটা ঝেড়ে কেশে বলল, "জি আচ্ছা। কোন সমস্যা নাই আপা। আপনারা কোন বিপদ ছাড়াই চইলা যাবেন। মুন্সি মিয়া আপনাদের অতি যত্ন সহকারে পৌছায় দিবে।"

জবা আন্তরিক ভঙ্গিতে বলল, "আপনি আমাদের কত বড় সাহায্য করলেন বলে বোঝাতে পারবো না। আপনার নাম কি ভাই?"

সে হেসে লজ্জার ভঙ্গিতে বলল, "করিম উদ্দিন। এই গেরামের বড় বাজার দেখাশোনা করি। আপনারা জলদি জলদি রওনা হন। বড় বাদলা আইতে পারে। আগে আগে পৌছাইতে পারলে ভালো। এইখানের রাস্তাও অতো সুবিধার না।"

নিতু রাগী রাগী গলায় বলল, "সুবিধার হবে না কেন? এখানে কি চুরি ডাকাতি হয়?"

করিম উদ্দিন হো হো করে হেসে উঠলো। তার হাসিটা কিঞ্চিৎ রহস্যজনক। কিছু একটা লুকানো। সে হাতের আঙুল ফোটাতে ফোটাতে বলল, "চুরি ডাকাতি শহরের মাইনষের কাজ। এইখানে একটানে গলা নামাইতে কারো বুক কাঁপে না!"

জবা এবং নিতু দুজনেই কথাটা শুনে থম মেরে গেলো। বলে কি এই লোক! আচ্ছা তাদের যদি একা রাস্তায় গলা কেটে ফেলে রাখে তাহলে কি কখনো কেউ জানতে পারবে তাদের কথা? তাদের চাচা হয়ত অপেক্ষা করেই বসে থাকবে তাদের জন্য।

"আপারা যাবেন না? মুন্সি মিয়া চইলা আসছে। আপনাদের ব্যাগ দেন আমার হাতে। রাস্তায় কাদা আছে, পায়ে লাইগা যাবে।"

নিতু খিলখিল করে হেসে বলল, "পায়ে কাদা লাগলে কি হয়? আপনারাও তো পায়ে কাদা লাগান।"

করিম উদ্দিন জবাবে বলল, "আপনারা হইলেন শহরের মানুষ, আমরা গেরামের মানুষ। আমরা সারা শইল্লে কাদা লাগাইলেও কোন সমস্যা নাই। গেরামের মানুষেরা এসব নিয়া ভাবে না।"

একটু পরই মুন্সি মিয়া চলে আসলো। বয়স আনুমানিক পঞ্চাশ হবে। তাকে কোনভাবেই ভ্যান চালক বলে মনে হচ্ছে না। একটু ভালো খেতে-পরতে পারলে তাকে নির্ঘাত জমিদার-টমিদার ভেবে ভুল করে বসতো জবা। পান খেয়ে মুখের অবস্থা বারোটা বাজিয়ে ফেলেছে। সে করিম উদ্দিনের দিকে তাকিয়ে বলল, "জলদি বইতে কন। বড় বাদলা আইতাছে। ম্যালা বিপদ।"

করিম উদ্দিন নিজেই তাড়াতাড়ি করে জবার হাত থেকে লাগেজ নিয়ে ভ্যানে রাখলো। ভ্যানে দুইটা ছাতা রাখা। গ্রামের লোকগুলো আসলেই খুব অদ্ভুত। এরা মনে হয় মানুষের প্রয়োজনীয়তা বুঝতে পারে খুব সহজেই। আমরা শহরের লোকগুলোই হয়েছি যতো অসামাজিক। নিজেদের নিয়ে ব্যস্ত। কারো মন বোঝা, প্রয়োজনীয়তা বোঝা আমাদের সাধ্যের বাইরে। আমরা কেবল শিখেছি সকালে ঘুম থেকে উঠে যুদ্ধ করে লোকাল বাসে প্রতিযোগিতা করে গন্তব্যে যেতে!

ভ্যান চলছে। ভ্যানে উঠার সাথে সাথেই ঝুম বৃষ্টি শুরু হয়েছে। গ্রামের রাস্তা হচ্ছে ভয়াবহ সুন্দর। আষাঢ় মাসে গ্রামের প্রত্যেকটা রাস্তা আরও জীবন্ত হয়ে ওঠে। জবা আর নিতু ছাতা নামিয়ে রেখেছে। কিছু করার নেই। শহর হলে রাস্তায় নেমে ভেজা যেতো না। এখানে চাইলেই ভেজা যাবে। শহরের মানুষ দিনদিন রোবট হয়ে যাচ্ছে। একদিন হয়ত দেখা যাবে এরা ভালোবাসতেও ভুলে যাবে। বরষায় কারো জন্য কদম আনবে না, কারো জন্য মন আকুলতায় ভরবে না। এরা হবে

ভালোবাসাহীন। ভালোবেসে কারো জন্য মরে গেলেও স্বাভাবিক মৃত্যু হিসেবেই ধরে নেবে। কি ভয়াবহ! কি করুণ!

মুন্সি মিয়া প্যাডেল টানতে টানতে বলল, "আপনারা কই থেকা আসছেন?"

নিতু বিরক্ত হয়ে বলল, "আমরা কোথেকে আসছি তা দিয়ে আপনার কি? সামনের দিকে তাকিয়ে ভ্যান চালান প্লিজ। জবা আপা ভয় পায়। জবা আপা তুমি তাকে বলে দাও না যে তুমি ভয় পাও!"

জবা হেসে বলল, "চাচা আপনি যেভাবে খুশি চালাতে পারেন। আমার কোন ভয় নেই। আসলে সে নিজেই ভয় পাচ্ছে তো বলতে লজ্জা পাচ্ছে।"

এরপর আর কি বলার থাকে? নিতু মুখ গম্ভীর করে পা তুলে মাথায় ছাতা তুলে পাশ ফিরে বসে রইলো। মুন্সি মিয়া হাসতে হাসতে বলল, "ছোট আপা রাগ খাইয়েন না। সামনে রথযাত্রা যাইবে। ওইদিকে মুখ ঘুরাইয়া রাখেন।"

নিতু অবাক হয়ে বলল, "রথযাত্রা কি?"

মুন্সি মিয়া ঘাড় ঘুরিয়ে বলল, "এইটা হিন্দুদের একটা উৎসব। এ সময় মেলা হয়। যাইবেন মেলায়?"

জবা জবাব দিলো, "চাচা আমাদের বাড়ি ফিরতে হবে। দয়া করে দ্রুত চলুন। নিতুর ঠাণ্ডা লেগে যাবে। আর ওর কথায় কিছু মনে করবেন না। ওর বাইপোলার ডিসঅর্ডার নামের একটা সমস্যা আছে। ওর মন হুট করে ভালো হয় আবার খারাপ হয়ে যায়।"

মুন্সি মিয়া কথাটার মানে বুঝলো কি বুঝলো না, তাও মুচকি একটা হাসি দিয়ে দ্রুত প্যাডেল মারতে লাগলো। আকাশ তখনো কালো, ভারী বর্ষণে ছেয়ে আছে সারা গ্রাম। কলাপাতা, নদীর পাড়, বুনো ঝোপঝাড়, এ সবকিছু ছাপিয়ে বিকেলে ঘটা করে পা রাখলো সদরবাড়ির দরজায়। জবার চুল বেয়ে তখনো টুপটুপ করে পানি ঝরছে। কি এক অপার

সৌন্দর্য জবাকে ঘিরে ধরে রাখলো। একটা গ্রামে এমন একটা বিশাল বাড়ি থাকতে পারে। এতো আশ্চর্য সুন্দর!

২

ইশরাক আহমেদ জবা আর নিতুকে দেখে উল্লাস করে উঠলেন প্রায়। দুটো মেয়ে এই প্রথম গ্রামে এসেছে। শহরে থাকা অভ্যস্ত মেয়ে দুটির সাহস আছে বোঝাই যাচ্ছে। নয়ত একা একা দুজন চট করে গ্রামে চলে আসবে এইটা আর যাই হোক ইশরাক আহমেদ বিশ্বাস করবেন না। নিতু একদম হকচকিয়ে গেলো বিশাল বাড়ি দেখে। সে আশা করেছিল হয়ত মাটির কোন ঘরবাড়ি হবে। সে তার সমাজ বইয়ে পড়েছে, গ্রামে ঠাণ্ডা বাতাসের জন্য অনেকেই মাটির ঘর বানায়। আবার অনেক দরিদ্র পরিবার মাটির ঘর বানায়। তার এই ধারণাই বদলে দিল তাদের ইশরাক চাচার বাড়ি। এক কথায় হুলস্থুল টাইপের বাড়ি। বিশাল টানা বারান্দা। ছাদের রেলিং উঠোন থেকেই টের পাওয়া যাচ্ছে। কিসের একটা মায়া যেন আষ্টেপৃষ্ঠে জড়িয়ে রেখেছে পুরো বাড়ি।

ইশরাক সাহেব জবার হাত ধরে আকুতি স্বরে বললেন, "আমি যে কি পরিমাণ আশা নিয়ে তোদের জন্য অপেক্ষা করছিলাম, বলে বোঝানো যাবে না। তোদের জন্য সব ব্যবস্থা করে রেখেছি। আজ রাতে তোরা থাকবি অন্দরমহলে। এই বাড়ির প্রধান আকর্ষণ হচ্ছে অন্দরমহল।"

জবা হেসে ফেললো। আমরা আমাদের প্রিয় মানুষের জন্য অপেক্ষা করতে জানি সত্যি, অপেক্ষার পর দেখা হলে মাথায় ভর করে সমস্ত ছেলেমানুষি। এই যেমন এখন বড় চাচা জবার হাত ধরে প্রায় কেঁদেই ফেলেছিলেন। বড় চাচা কঠিন ধাঁচের লোক, সে কেন দুটো মানুষের দেখা পেয়ে কেঁদে উঠবে গোপনে? জবা জাম গাছের পাশের দালানটা দেখিয়ে বলল, "এইটা কি সেই অন্দরমহল, যেটা তোমার কাছে এ বাড়ির প্রধান আকর্ষণ বলে মনে হয়?"

বড় চাচা বললেন, "আজ রাতে থাক তাহলেই বুঝতে পারবি। আর দাঁড়িয়ে থাকিস না তো। ভিজেটিজে একেবারে কাবু হয়ে আছিস। চল

ভেতরে চল। করিম উদ্দিন তোদের ঠিকমতো ভ্যানে উঠিয়ে দিয়েছিল তো?"

জবা আশ্চর্য হয়ে বলল, "তুমিই তাকে পাঠিয়েছিলে? কি অদ্ভুত ব্যাপার!" ইশরাক সাহেব হেসে বললেন, "আমার ভাইয়ের মেয়েরা আসবে অথচ ইশরাক আহমেদ তাদের জন্য লোক পাঠাবে না এমন হতে পারে? শুনেছিস কখনো? তবে ওদের আমি বলতে না করেছি। তোরা হয়ত ভাববি আমি তোদের দুর্বল ভাবি। আসলে তোরা হয়েছিস একদম তোদের বাবার মতো। এমন সাহসী ছেলে আমি জন্মে দেখিনি। নিতু আসার সময় ভয় পায়নি তো?"

জবা ভেতরে যেতে যেতে বলল, "অন্দরমহলে থাকতে ভয় পেতে পারে কিন্তু আসার সময় সে সারা রাস্তা জুড়ে আষাঢ় মাসের রথ দেখেছে।"

৩

এক কথায় সুন্দর একটা বিশাল বাড়ি। চারপাশে প্রচুর গাছপালা। উঠোন পেরিয়ে বাঁধানো ছোট্ট একটা পুকুর। তার পাশেই যত্ন নিয়ে বেড়ে ওঠা শিমুল গাছ। এর দক্ষিণ পাশে একটা মাঝারি সাইজের একটা জাম গাছ, তারই শরীরে লেপটে আছে অন্দরমহলের টানা বিশাল বারান্দা। ছাদের রেলিঙে ভয়াবহ সুন্দর করে কারুকাজ করা। হুট করে দেখলে যে কেউ রাজবাড়ি ভেবে ভুল করে বসবে।

মাজেদা বানু এতক্ষণ ঘুমিয়ে ছিল। জবাদের আসার খবর পেয়ে গায়ে শাড়ির আঁচল টেনে রান্নাঘরে প্রবেশ করেই হাই তুলতে তুলতে দেখলেন শেফা কুমড়ো ফুলের বড়া বানাচ্ছে। তাকে কিঞ্চিৎ চিন্তিত দেখাচ্ছে। শেফা ইশরাক আহমেদের একমাত্র মেয়ে। একমাত্র না, তার ছোট মেয়ে। বড় মেয়ের গল্প পরবর্তীতে জানা যাবে। শেফালীর পরনে হালকা সবুজ রঙের শাড়ি। ঘেমেটেমে অস্থির হয়ে আছে মেয়েটা। এই মাত্র কলেজ থেকে ফিরেছে। ফিরেই রান্নাঘরে বসে গেছে। শাড়িটা পর্যন্ত পাল্টায়নি। মাজেদা বানু এসে খপ করে হাত ধরে বলল, "এসেই রান্নাঘরে বসা! ঢাকা থেকে তোর ছোট চাচার মেয়েরা এসেছে, গিয়ে কথা বল।"

শেফা হাত ছাড়িয়ে বলল, "কোন চাচা মা?"

"ইরতাজ চাচার মেয়ে। জবা আর নিতু। নিতুকে দেখিসনি। ওর জন্ম দেশের বাইরে। কি মেয়ে বাবা! অন্দরমহলে থাকবে না। অথচ জবা এসেই সব ঘুরে ঘুরে দেখছে। ভারি লক্ষ্মী একটা মেয়ে।"

"তুমি কিভাবে বুঝলে লক্ষ্মী মেয়ে?"

"মেয়েদের দেখলেই বোঝা যায় সে লক্ষ্মী নাকি বদ মেয়েছেলে!"

"আচ্ছা মা, তুমি এই মেয়েছেলে শব্দটা কেন বলো? আমার খুব বিরক্ত লাগে।"

আচ্ছা আর বলবো না। আর শুন।"

"বলো!"

"ওদের পশ্চিম ঘরটার কাছে ঘেঁষতেও দিস না। আমি অবশ্য অন্দরমহলের ওই পাশটা বন্ধ করে রেখেছি। আমি চাই না কেউ ওই পাশটায় যাক।"

"একটা জিনিস আর কতো ধামাচাপা দিয়ে রাখবে মা?" মাজেদা বানু দীর্ঘশ্বাস ফেলে বললেন, "যতদিন পারা যায়।"

অন্দরমহলের দক্ষিণ ঘরে জবা আর নিতুর জন্য আলাদা করে বিছানা পেতে দেয়া হয়েছে। এখান থেকে দক্ষিণের হাওয়া আসে, বাড়ির পুকুর দেখা যায়। সকালে উঠে যেন তারা বারান্দা দিয়ে পানি নেয়া দেখতে পারে তাই এই ব্যবস্থা। শহরের মানুষ এই দৃশ্যটা দেখা থেকে বঞ্চিত হয়, নিতু নিশ্চয়ই পুকুর থেকে পানি তুলে নিয়ে যাওয়ার দৃশ্যটা খুব উপভোগ করবে! নিতুর ঘর নাকি বেশ পছন্দ হয়েছে। সে সিদ্ধান্ত নিয়েছে প্রতিটা গ্রীষ্মের ছুটি সে এখানে কাটাবে। এতো সুন্দর হয় একটা বাড়ি, সে এখনো বিষয়টা বিশ্বাস করতে পারছে না। জবা আপাকে বলে দেখতে হবে এখানে সারা জীবন থেকে যাওয়ার কোন রাস্তা আছে কি না। জবা আপা অবশ্য রাগ করবে। সে বরাবরই শুনে এসেছে গ্রামে নাকি ভালো স্কুল নেই। আর বইয়ের দোকানও নেই। আসার সময় সে ব্যাগে করে অনেকগুলো গল্পের বই নিয়ে এসেছে, একেকটা বই অনেকবার করে পড়া তাও নতুন পরিবেশে আবার পড়লে কেমন লাগবে সেটা জানতে ইচ্ছে করছে খুব। জবা আপা দেখলে খুব রাগও করতে পারে। বেড়াতে এসে যদি কেউ গল্পের বইয়ে মুখ গুঁজে রাখে তাহলে সে খুব রাগ করে। এর আগে তারা পাহাড় দেখতে বেরিয়েছিল তখন নিতু দুইটা ভূতের গল্পের বই নিয়ে গিয়েছিল। জবা আপা রাগ করে একটা বইও আসার সময় গুছিয়ে দেয়নি। এই জবা আপাটা কেন যে বুঝে না!

বিকেল হতেই আকাশ একদম পরিষ্কার হয়ে গেলো। রোদের আলোতে পুকুরের পানি আয়নার মতো দেখতে লাগছিল। বৃষ্টির পরের এই মুহূর্তটাকে খুব আদুরে লাগে। জবা বারান্দায় দাঁড়িয়ে হাই তুলতে তুলতে দেখল, একটা সবুজ শাড়ি পরা মেয়ে মন খারাপ করে পুকুরের পাশের শিমুল গাছের নিচে বসে আছে। এই বাসার তেমন কাউকে চিনে না জবা। গ্রামে তারা এবারই প্রথম এসেছে অবশ্য। তাই কাউকে চেনার বা জানার কোন রাস্তাই নেই। জবা কি মেয়েটির পাশে গিয়ে বসবে?

শেফা বসে আছে মুখ ঘুরিয়ে। অন্দরমহলের টানা বারান্দা থেকে মেয়েটাকে মন খারাপ করে বসে থাকতে দেখা গিয়েছিল। এখন তার মুখ বিবর্ণ দেখাচ্ছে, যেন একটু আগেই কেঁদে এসেছে।

বিকেলের তির্যক রোদের আলো মেয়েটার গালে লাল আভার মতো পড়েছে। জবা পিঠে হাত রেখে বলল, "তুমি শেফা না?"

শেফা মুখ ঘুরিয়ে চোখ মুছে বলল, "হ্যাঁ, আপনি কি নিলু?"

জবা হেসে বলল, "আমি জবা। নিলু আমার ছোট বোন। তুমি আমাকে আপনি করে বলছো কেন?"

শেফা এবার হাসি হাসি মুখ করে বলল, "আপনার কথা বাবা খুব বলে। আমি ভেবেছি আপনি নিতু। আপনি বয়সে আমার বড় হবেন নিশ্চয়ই? আপনাকে এক কাপ চা করে দিব?"

"না দিতে হবে না। আমার চা খাওয়ার সময় শুধু রাতে।"

"কি বলেন! রাতে কেউ চা খায়? আমার বাবা বলেছে রাতে চা খেলে ঘুম হয় না আর ঘুম না এলে কঠিন রোগ হয়। আপনি কি চান আপনার কঠিন রোগ হোক?"

জবা একটু বিচলিত হয়ে বলল, "আর রাতে চা খাবো না। এখন বলো তো কি হয়েছে তোমার? সেই কখন থেকে গোমড়া মুখ করে বসে আছো।"

শেফার কণ্ঠ ভীতু শোনালো। "আজ রাতে শাহেদ ভাই আসবে।"

জবা অনেকটা অপ্রস্তুত হয়ে প্রশ্ন করলো, "শাহেদ ভাই কে?"

"আমার ভাই। আজ সে বাড়ি ফিরবে। তার মন খুব ভালো কিন্তু খুব রাগী। আপনাকে একটা গোপন কথা বলবো?"

জবা হেসে বলল, "বিনা দ্বিধায় বলতে পারো।"

"আপনারা একা ভয় পেলে আমি আপনাদের সাথে থাকতে পারি। তাতে কি আপনাদের কোন প্রকার সমস্যা হবে?"

জবা মনে মনে খুব খুশি হল। এখানে আসার পর থেকেই নিতু গল্পের বই নিয়ে পড়ে আছে। জবার গল্প করার মতো তেমন কেউ নেই রাতে। রাতে জবার ঘুম হয় না। সাইকোলজিক্যাল কোন সমস্যা হতে পারে। ঘুম না হওয়ার সময়টা গল্প করে কাটিয়ে দিতে ইচ্ছে করে। শেফা তার সাথে থাকলে ভালোই হবে। সুতরাং না বলার কোন মানেই হয় না। সুতরাং ঠিক হলো শেফা জবার সাথে থাকবে। জবার মনে হল কোথাও একটা সমস্যা আছে মেয়েটার। অতিরিক্ত ভয় পাওয়া মেয়েদের নিয়ে জবার সব সময়ই সন্দেহ হয়।

অন্দরমহলে এ বাড়ির কারোর থাকার নিয়ম নেই। ইশরাক সাহেবের কড়া নিয়মের একটি এখানে থাকবে অতিথিরা। জবা কি তাদের অতিথি?

নিতু হঠাৎ কোথেকে এসে জবার পাশে দাঁড়িয়ে বলল, "চাচা আমাদের ডাকছেন। বলল কি কথা বলবেন।"

জবা দাঁড়াতে দাঁড়াতে বলল, "শেফা, তুমি আমাদের ঘরে এসো আমরা তোমাকে খুবই পছন্দ করেছি। নিতু একটু মুখচোরা, সে যে তোমাকে খুব পছন্দ করেছে এটা জানতে আমার দুই ঘণ্টা লেগেছে।

যদিও তোমাকে কাছ থেকে দেখেনি। খুব সম্ভত সে তোমায় বাসার ছাদে দেখেছে। হাতে কি ছিল?"

শেফা বিব্রত হয়ে বলল, "জীবনানন্দের বই ছিল। কবিতা পড়ছিলাম বসে বসে।"

জবা আনন্দিত গলায় বলল, "উনার লেখা তোমার ভালো লাগে?"

"খুব! আমি তার কবিতায় প্রাণ পাই। মানুষ মানুষকে ছেড়ে যায়, কবিতা ছেড়ে যায় না। স্মৃতি থাকে শরীরে, কবিতা থাকে একজন মানুষের মগজে।"

এ বাড়ির একটা জিনিস জবা আসার পর থেকেই লক্ষ্য করেছে, অন্দরমহলের দক্ষিণের ঘরটা তালা দেওয়া। হতে পারে স্টোররুম। কিন্তু তাই বলে এভাবে বদ্ধ বাড়ি বানানোর তো কোন মানে নেই! সে যাই হোক একটা হলেই হয়। রাতের আকাশ নেমে আসলো। জগৎ মায়া দিয়ে ভরে উঠে একটা আশ্চর্য সুন্দর আবহাওয়া যেন মুহূর্তেই গ্রাস করে নিলো সমস্ত কিছু।

জবার সাথে তার দেখা হলো খাবার টেবিলে। শেফা খাবার দিতে দিতে জবার কাছাকাছি এসে বলল, "এখনই খাওয়া শুরু করো না। বাবা এলে কিছু একটা বলবে তোমাদের, তখন সবাই একসাথে বসে খাবো, এটাই আমাদের বাসার নিয়ম।"

রাতে খেয়ে গল্প করার চিন্তা মরে গেলো একটু পরেই। ইশরাক আহমেদ এসে জানালেন বাগানে একটু আগেই রানু বাঘ দেখেছে। রানু এই বাড়ির অনেক পুরনো কাজের মহিলা। সব সময় মুখে পান থাকে। রাতের বেলা থাকে পুরনো চাতালে। লোকমুখে শোনা যায় এ বাড়ি নাকি এককালে হিন্দুদের দখলে নিয়েছিল। দখল নেওয়ার পর বাড়ির পুকুরের পাশটায় একটা মন্দির গড়ে তোলে। সেই মন্দির ভাঙার পর চাতাল করে নিয়েছিল। এ বাড়ির নাকি বেশ কিছু রহস্যও আছে।

ইশরাক সাহেব এলেন না। মাজেদা বানু তার ঘরে খাবার দিতে গিয়ে দেখলেন ইশরাক আহমেদের হাতে চিঠি। কলকাতা থেকে মীর পাঠিয়েছেন।

মীর ইশরাক সাহেবের একমাত্র বন্ধু। তিনি সামনের মাসে দেশে ফিরবেন কিছু কাজের উদ্দেশে। ইশরাক সাহেবের মনে হল কথাটা মাজেদাকে বলা দরকার। মীর আসছেন এটা খুব স্বাভাবিক মনে হলেও ইশরাক আহমেদ জানেন মাজেদা বানু আর তার কাছে কতোটা অস্বাভাবিক বিষয়। কলকাতা থেকে আসার সময় মীর তার ছেলেকে সঙ্গে করে নিয়ে আসবেন। ছেলেকে সঙ্গে আনার ব্যাপারটাও স্বাভাবিক হতে পারতো যদি না সেবার সেই বিচ্ছিরি ঘটনাটা না ঘটতো। ইশরাক সাহেব হয়ত সেই গল্পটা ভুলেও যেতে পারতেন। কিছু গল্প থাকে না যে অতি সামান্য কিন্তু জীবনে বেশকিছু পাথরের কণা রেখে যায়, সেদিনের সেই পাথরের কণা নিয়েই হয়ত বেঁচে আছেন ইশরাক আহমেদ। কি এক অদ্ভুত জোছনা ছিল সেদিন। মাথার উপর ডাগর চাঁদ। অবাক হওয়ার মত কি কিছু হয়েছিল সেদিন?

"যখন গিয়েছে ডুবে পঞ্চমীর চাঁদ,

মরিবার হল তার সাধ!"

সেই চাঁদ ডুবে গেলেই হয়ত ভোর নেমে আসতো পৃথিবীর বুকে। কিন্তু ইশরাক আহমেদের পরিবারে আর ভোর আসেনি সেদিনের পর থেকে। কি হয়েছিল আসলে?

মাজেদা বানু চিঠির কথা শুনে ইশরাক আহমেদের দিকে তাকিয়ে বললেন,

"আপনি কি এবারো তাকে আমাদের বাড়িতে তুলতে চাচ্ছেন? আপনি কি সেদিনের কথা ভুলে যাচ্ছেন?"

ইশরাক সাহেবকে গম্ভীর দেখাল। পাশ টেবিলে চিঠির খাম রাখতে রাখতে বললেন, "শুনো মাজেদা, তুমি নিজেই হিন্দু আমলের দখলের কথা ভুলে যাচ্ছ। মন্দিরের চাতালে পাঁঠা বলির পাশাপাশি আমিও হয়ত একদিন বলি হয়ে যেতাম। উপকারীর কথা মনে রাখতে হয়।"

"কিন্তু নিজের সন্তানের কথা ভুলে গিয়ে না নিশ্চয়ই?" মাজেদা বানু এতোটুকু বলেই ইশরাক আহমেদের সামনে থেকে উঠে চলে গেলেন। প্রিয় মানুষ, প্রিয় জিনিসও একসময় অসহ্য লাগে। মাজেদা বানুর এখন ইচ্ছে করছে ইশরাক নামের এই পুরুষটিকে সহ্য না করা।

৪

"আপনি কি কাউকে খুঁজছেন?"

পাশ ফিরে তাকাতেই জবা শাহেদকে দেখতে পেলো। হাতে রবীন্দ্রসমগ্র নামের একটা বই ঝুলে আছে। জবা খুব বিনীত গলায় জবাব দিলো, "এখানে নাকি একটা জঙ্গল আছে একটু বিকেলে বের হলে প্রচুর শালিক দেখা যায়। নিতুকে খুঁজছিলাম একসাথে যাওয়ার জন্য। ও বোধহয় ঘরে বই পড়ছে।"

"আপনি কি আজ বিকেলে মানে এখন সেখানে যেতে চান?"

জবা ভেবে পেলো না সে কি বলবে। সে কোনোরকম বলল, "যেতে চাই কিন্তু নিতু হয়ত যাবে না।" জবা আশা করেছিল শাহেদ হয়ত বলবে চলুন একসাথে শালিক দেখে আসি বা এরকম কিছু। শাহেদ কারণ ছাড়াই কঠোর গলায় বলল, "আপনাকে দেখে তো ছোট বাচ্চা মনে হচ্ছে না। রেলে করে এতদূর আসতে পেরেছেন এখন একা একা যেতে পারছেন না? আপনাদের মেয়েদের বোঝা আর বঙ্কিম বোঝা একই কথা। আপনি ভাববেন না যে আমি আপনাকে এখন বলবো, চলুন বিকেলের ঘ্রাণ মেখে আসি। ওসব ন্যাকামো আমার মধ্যে নেই। যেতে চাচ্ছেন তো একাই যান। কারো জন্য অপেক্ষা করে বসে থাকাটা একটা জঘন্য মানসিক সমস্যা।"

রাগে জবার গা জ্বলে যাচ্ছিল। এই ছেলে কেন তাকে এতো কথা শুনাবে? তাছাড়া গায়ে পড়ে কথা বলার মত মেয়ে জবা না। ভাবছে কি সে নিজেকে? শিস বাজাতে বাজাতে শাহেদ ছাদের দিকে পা বাড়ালো। জবা নিজেকে আর সংযত করতে পারছিল না। বিকেলের তির্যক আলো তার রাগী রাগী গালে এসে হানা দিচ্ছিল। সব ইচ্ছেকে গুঁড়িয়ে দিয়ে এখান থেকে চলে যেতে ইচ্ছে করছিল। শেফা বলেছিল শাহেদ জেল থেকে ছাড়া পেয়ে এসেছে। জেলে তো আর পুলিশেরা সাধে পুরেনি! ঘরে ফিরেই ঢকঢক করে এক জগ পানি গিলে বসে পড়লো। মানুষের

খুব সহজ একটা স্বভাব হচ্ছে রাগলে এক সময়ে তা কমে যায়। কিন্তু জবার রাগ বাড়তে থাকে। ছুটন্ত রেলে সেদিন যে আনন্দ হয়েছিল ঠিক সে পরিমাণে রাগও বাড়ছে। ঘরে এসে দেখল নিতু উপুর হয়ে শুয়ে কাকাবাবু পড়ছে। এই মেয়ের অদ্ভুত বইয়ের বাতিক আছে। যেখানে যে অবস্থাতে আছে সেই অবস্থাতেই বই পড়তে পারে। জবাকে দেখে নিতু উঠে বসলো। তাও পুরোপুরি না। জবার রাগ ধরতে না পেরে বলল, "এই জানো, এই কাকাবাবু লোকটাকে আমার ভারি ইন্টারেস্টিং মনে হচ্ছে। এক পা খুঁড়ো নিয়েও কতো পাহাড়ে পাহাড়ে ঘুরে বেড়ান। তুমি কি একটু শুনবে?"

জবা যে রেগে আছে তা সে তাকে বুঝতে দিলো না। সে সংক্ষিপ্ত করে জবাব দিলো, "হুঁ!"

ঘরের জানালা দিয়ে শাহেদ ভাইকে দেখা যাচ্ছে। সেও হয়ত বই পড়ছে। এমন ঘরকুনো স্বভাবের ছেলে জবার একদমই সহ্য হয় না। এদের হয় প্ল্যাস্টিক নয়ত কাঁচ দিয়ে বানিয়েছেন। মনে বিন্দুমাত্র অনুভূতি কিংবা করুণা নেই। জবার ঘর থেকে ছাদের কিঞ্চিৎ অংশ দেখা যায়। কাল রাতে সে আবিষ্কার করেছে রাত হলেই চিকন কণ্ঠে কেউ একজন কথা বলে। অবশ্য পাখিও হতে পারে।

নিতু পড়ছে। হালকা অ্যাডভেঞ্চার ধাঁচের গলায়। জবার সেখানে কোন মন নেই। শাড়ির আঁচল যেমন পুড়ে যায় চায়ের হাঁড়ি নামাতে গিয়ে, তেমনই অবহেলায় ছাদের দিকে তাকিয়ে রইলো।

"কাকাবাবু একটুক্ষণ একদৃষ্টে চেয়ে রইলেন সন্তুর দিকে। তারপর আস্তে আস্তে বললেন, কোথাও যাওয়ার জন্য আমি কখনো পেছনে ফিরে যাই না। আমার সঙ্গে যেতে হলে এই কথাটা তোকে সব সময় মনে রাখতে হবে। তারপর সন্তুকে দারুণভাবে চমকে দিয়ে কাকাবাবু রিভলবার উঁচিয়ে ঢিসুম শব্দে গুলি করলেন।"

৫

ঝকঝকে রোদ উঠেছে আজ। একটু আগে ঝুম বৃষ্টি নেমে থেমে গেলো। রোদের আলোতে একটা আরাম আরাম বোধ হচ্ছে ইশরাক আহমেদের। সকালের এই সময়টা তিনি কাটান পত্রিকা পড়ে, চায়ের যোগে। চা বানায় শেফা। সকালে তিনি সব সময়ই শেফার হাতে বানানো চা খান। পত্রিকার প্রথম পৃষ্ঠায় থাকে রাজনীতি বিষয়ক সংবাদ। দেশে কত কেজি ধান গম চুরি করে লুটপাট হচ্ছে এসবেরই খবরাখবর থাকবে। ইশরাক সাহেব অত্যন্ত ধৈর্য সহকারে পত্রিকার প্রথম পৃষ্ঠা শেষ করে চায়ে চুমুক দিয়ে দ্বিতীয় পৃষ্ঠায় চোখ বুলিয়েই দেখলেন সাহিত্যের যতো বস্তা পচা গল্প কবিতা। তরুণদের মধ্যে এরা বই না পড়েই গল্প কবিতা লেখা শুরু করে দিয়েছে। দেশে জীবনানন্দ কিংবা রবিবাবুর কদর মনে হয় কমে যাচ্ছে! এই তো সেদিন শনিবারের লেখালেখি সংখ্যায় এক ছেলে কবিতা দিয়েছে, কবিতার ভাষা খুবই অশ্লীল। এদের কাছে শব্দের মৃত্যু হচ্ছে অহরহ। আর গল্পের কথা বাদই দিলাম। দেশ যাচ্ছে রসাতলে। সে যাক, কার কি? কেউ এখন দেশের খবর রাখে না। রেখেই বা কি করবে? দেশে এখন হচ্ছেই বা কি? ছেলেমেয়ে সব যাচ্ছে উচ্ছন্নে। সাহিত্য দিয়ে এদের কাজ কি?

এসময় শেফা কাছে এসে বসলো। শেফার হাতে এক টুকরো পেয়ারা। বাবার পাশে বসতে বসতে বলল, "বাবা তোমার পাশে বসতে ইচ্ছে করছে। তুমি কি রাগ করবে?" ইশরাক সাহেব হাসলেন। মেয়েকে তিনি যথেষ্ট ভালোবাসেন এই কথা টের পাওয়ার পরেও শেফা তার বাবার পাশে বসতে ভয় পায়। ভয় নাকি লজ্জা জানা নেই। একটা বয়সে এসে মেয়েরা বাবার সাথে কথা বলতেও হয়ত লজ্জা পায়। মেয়েদের কিছু অদ্ভুত নিয়মের মধ্যে এটাও একটা নিয়ম হতে পারে।

"বাবা আমাদের কি উচিত না জবা আপা আর নিতুকে আমাদের সেই ঘটনার কথাটা বলে দেওয়া?"

ইশরাক সাহেব হাত থেকে চায়ের কাপ রেখে বললেন, "কোন কথাটা?"

"অনেকদিন আগে ঘটে যাওয়া একটা দুর্ঘটনা, তোমরা সব জেনেও ওদের বেছে বেছে অন্দরমহলের সেই ঘরটায় থাকতে দিলে। কেন বাবা?"

ইশরাক সাহেব অপ্রস্তুত হয়ে গেলেন। সকাল সকাল তার মেয়ে তাকে এই কথা বলতে তার পাশে বসবে সে হয়ত ভাবতেও পারেননি। আগের একটা দুর্ঘটনা কি সবার ভুলে যাওয়াটাই উচিত নয়? অন্দরমহলের সেই ঘটনাটা সবাই ভুলে গেলেও শেফার পক্ষে হয়ত ভুলে যাওয়া সম্ভব না এত তাড়াতাড়ি। তারপরও বাস্তব জীবনে বেঁচে থাকতে এসব গল্প ভুলে যেতে হয়। ইশরাক সাহেব ভেবে পেলেন না শেফাকে কি জবাব দেয়া যেতে পারে। এমন একটা গল্প তিনি নিজেও ভুলতে পারবেন না। যদি সেই রাতে একটু মাথা ঠাণ্ডা করে ভাবতেন তাহলে হয়ত তার আজ এতো ঝামেলা হত না।

তিনি শেফার মাথায় হাত বুলিয়ে উঠে গেলেন। পাশ থেকে ভেসে আসছে নিতু আর জবার খিলখিল হাসির শব্দ!

ওই যে নদীটা বয়ে গেছে তারও একটা ব্যক্তিগত বিষাদ রয়েছে। আমাদের জীবনে সবারই এমন একটা বিষাদ লুকিয়ে থাকে। সবার সেই বিষাদ, মন খারাপ, কারো জন্য ভালোবাসা এসব টের পাওয়া এতো সহজ না। টের পেয়ে যাওয়াই কি উচিত? কিছু বিষাদ জমা থাকাই ভালো।

আকাশের অবস্থা ভালো দেখাচ্ছে না। বারান্দায় একটা ভেজা গন্ধ পাওয়া যাচ্ছে। বৃষ্টি আসার পূর্বলক্ষণ। অন্দরমহলের ছাদে কাপড় বাতাসে উড়ছে। এক যুবকের দৃষ্টি বইয়ে নিবদ্ধ। টিপ টিপ করে বৃষ্টি

নামতে নামতে হুট করেই ঝুম বৃষ্টি শুরু হয়ে গেলো। কি এক মোহনীয় পরিবেশ চারপাশে ছড়িয়ে দিল এক নিমিষেই।

৬

পাশের ঘরে কি কেউ কথা বলছে? কিন্নর কণ্ঠে কে যেন খুব সম্ভবত গান গাইছে। জবা ঘড়ির দিকে তাকাল। রাত দেড়টা। নিতু ঘুমিয়েছে আরও এক ঘণ্টা আগে। অন্দরমহলের এই পাশটায় ওরা ছাড়া কেউ থাকে না। শেফা আসার কথা বলেও আসেনি আর। একেকজনের একেকটা ফোবিয়া থাকে, ঘর বদলালে ঘুম না আসাটাও একটা ফোবিয়া। জবা গা থেকে চাদর নামিয়ে বিছানা থেকে নামলো। মেঝে বরফের মত ঠাণ্ডা হয়ে আছে। এই একা রাতে জবার ভয় পাওয়ার কথা, সে ভয় পাওয়ার বদলে দরজার পাশে এসে দাঁড়ালো। কৌতূহল, কে কথা বলছে পাশের ঘরে! আচ্ছা এমন কি হতে পারে না যে শেফাই পাশের ঘরে আছে? বা অন্য কেউও তো হতে পারে! মুহূর্তেই ভৌতিক কিছু চিন্তা মাথায় আসার মতো ভীতু অন্তত জবা না। সে নিতুর গায়ে চাদর টেনে দিয়ে দরজা খুলে দাঁড়ালো। আকাশে কি সুন্দর অপরূপ জোছনা! হাত বাড়ালেই যেন নরম চাঁদের আলো মেখে যাবে। চারপাশে কি একটা ফুলের সৌরভ মেরে ফেলছে জবাকে! এই পরিবেশটাকে কি বলে? ভৌতিক পরিবেশ তো মোটেও মনে হচ্ছে না! বরং মনে হচ্ছে এই সুন্দর একটা রাতে খুব সহজেই আনন্দে মরে যাওয়া যায়। পাশে যদি শাহেদ নামের ছেলেটি থাকতো তাহলেও কি এরকম সুন্দর পরিবেশ মনে হত? জবা হঠাৎ নিজের উপর বিরক্ত হল। সে কেন শাহেদ নামের ছেলেটার কথা ভাবছে?

বারান্দায় এসে দাঁড়াতেই দক্ষিণ ঘর থেকে কথা বলার শব্দ পেলো।

অন্দরমহলের দক্ষিণ পাশটার ঘরের কথা এতক্ষণ মাথায় ছিল না জবার। চারপাশ চোখ ঝাপসা করা অন্ধকার।

একটা পেঁচা এসে বারান্দার রেলিঙে বসলো। চমৎকার এই জোছনা রাতে একা পেঁচা দেখে জবার ভয় পাওয়ার কথা, সে ভয় না পেয়ে বারান্দা ধরে হাঁটতে লাগলো। জানালাটার সামনে এসে থামল, জানালা

থেকে এক মেয়েকে বসে বসে আয়নার সামনে কথা বলতে দেখতে পেলো সে। নির্ঘাত পাগল মাইরি! এতো রাতে কেউ আয়নার সাথে কথা বলে? শেফার বোন না তো? না তা কেন হবে? শেফা নিজেই বলেছে তার কোন বোন নেই। তাহলে?

কিছু মানুষের কৌতূহলই মাঝে মধ্যে বিপদ ডেকে আনে। জবার এই ফালতু কৌতূহলটা না এলেও চলতো। কিন্তু কিছু নিয়তি দেরি করে হলেও বুঝে ফেলতে শিখে যায় মানুষ।

জানালার কাছে আসতেই ঘর থেকে কে যেন বলল, "তুমি চাইলে ভেতরে আসতে পারো। আমি সবকিছু দেখতে পাই। তুমি এতক্ষণ আমাকে লক্ষ্য করছিলে তাই না?"

থম মেরে যেখানে ছিল সেখানেই দাঁড়িয়ে রইলো জবা। কি বলবে এখন সে? দরজার সামনে এসে বলল, "আমি দুঃখিত! আপনার কথার শব্দ শুনে বেশ চমকে গিয়ে ঘুম থেকে উঠে চলে এসেছি। এখন আর ঘুম আসছে না। তাই বারান্দায় হাঁটাহাঁটি করছি। কিছু মনে করবেন না। আপনার নাম জানতে পারি?"

মেয়েলি, খুব কিন্নর একটা কণ্ঠ বলে উঠলো, "বাইরে দাঁড়িয়ে শুনবে নাকি ভেতরে আসবে?"

জবা কিঞ্চিত ভেবে তারপর ঘরের দিকে পা বাড়াল। ঘরে ঢুকতেই চোখ কপালে উঠে গেলো। এতো সুন্দর করে সাজানো একটা ঘর! নিতুর থেকে নিয়ে শীর্ষেন্দুর একটা বইয়ে ঠিক এমন ঘরের বর্ণনা পড়েছিল জবা। সারা ঘর খুঁজেও একটা ধুলা পাওয়া যাবে না এমন। বাতি নিভিয়ে মোমবাতি জ্বেলে রেখেছে। মোমের আলোতে সবকিছু রহস্য মনে হচ্ছে। গা ছমছম করতে লাগলো জবার। স্বপ্ন দেখছে না তো সে? এই ঘরে কেউ থাকার কথা ছিল না। তাছাড়া কেউ থাকলে চাচা না হোক শেফা অন্তত বলতো এ ব্যাপারে। যাক সে কথা। হয়ত বলার অবকাশ পায়নি তারা। সকাল হলে নিজেই জিজ্ঞেস করে নিবে জবা।

"জিজ্ঞেস করতে হবে না আমি কে, আমিই বলবো আমি কে।"

জবা বুঝতে পারলো না কি হচ্ছে তার সাথে। এতক্ষণ যেটা সত্যি মনে হচ্ছিল এখন সেটা স্বপ্ন মনে হচ্ছে। মানুষ এতো সহজে কীভাবে মনের কথা পড়তে পারে? জবা কোনোরকম বলল,

"আপনি কি বলতে চাচ্ছেন আমি বুঝতে পারছি না। আমি কি যেতে পারি? নিতু ঘুমুচ্ছে, জেগে গেলে একা ভয় পাবে।"

"পাবে না। সে ঘুমাচ্ছে ঘুমাক। তোমার আমার সাথে গল্প করতে সমস্যা না হলে থাকো কিছুক্ষণ।"

"জি আচ্ছা। আপনার নাম বললেন না?"

"আমার নাম স্মিতা। তোমার নাম নিশ্চয়ই জবা?"

"আপনি কি করে জানলেন?"

"ওই যে বললাম আমি সব জানি। হা হা, আমি অনেক কিছুই জানি। এক শ্রেণির মানুষদের সব জানতে হয়, না জানলেও পরিস্থিতি তাদের সব জানিয়ে দেয়।"

"ও আচ্ছা!"

"তুমি কি জানতে চাও না আমি কে?"

"না। আমি জানি আপনি শেফার বোন।"

"তুমি কি করে জানলে? তুমি কি মৃত?"

জবা হকচকিয়ে গেলো। "তার মানে?"

"কিছু না। মৃতরা সব জানে!"

"আপনি কি মৃত? এই ফালতু ফাজলামি না করলে খুশি হবো। দয়া করে এসব মজা করবেন না। আমি যাই আমার ঘুম পাচ্ছে।"

"যাবে অবশ্যই যাবে। তার আগে আমার একটা চিঠি তোমাকে দেখাতে চাই। দেখবে?"

জবা কঠিন গলায় বলল, "ক্ষমা করবেন! আমি কারো ব্যক্তিগত চিঠি পড়ি না। আজ আসি। শুভ রাত্রি।"

৭

কালকের ঘটনাটা হয়তো কল্পনা বলে চালিয়ে নেয়া যেতো, কিন্তু শেফার মুখে আশ্চর্য রকমের কথা শুনে জবার মনে হচ্ছে তার কোথাও ভুল হচ্ছে। আচ্ছা কালকের দেখা মেয়েটার নাম কি যেন? স্মিতা না? স্মিতাই তো বলল! সকাল আটটার দিকে শেফা জবার ঘরে এসে চা দিয়ে যায়। চা দেয়ার কাজটা একমাত্র শেফাই করে। কাজের লোকদের চা দেয়ার ব্যাপারটা এ বাড়ির কেউ তেমন পছন্দ করে না। ইশরাক সাহেবের দিন শুরু হয় শেফার হাতে বানানো এক কাপ চা খেয়ে।

জবা ভেবে রেখেছিল কথাটা সে শেফাকে বলবে না, কিন্তু কি এক অদ্ভুত কৌতূহল তাকে আটকে রাখতে পারেনি। শেফার হাতে চায়ের কাপ, জবাকে বিমর্ষ দেখাচ্ছে খুব।

"আপনি কাল রাতে ঘুমাননি?"

"হ্যাঁ, আচ্ছা শেফা আমাকে একটা কথা বলবে?"

"জি বলবো। কিন্তু কি কথা?" শেফার কণ্ঠে ভয় মাখা!

"আমাদের ঘরের দিকের দক্ষিণ পাশের ঘরটায় কে থাকে?"

আচানক যেন শেফা চমকে উঠলো! জবা কেন দক্ষিণ ঘরের কথা জানতে চাইবে? হঠাৎ জবার মনে হল সে শেফাকে বিব্রত অবস্থায় ফেলে দিয়েছে। কেমন এক বিমর্ষ সাথে আতঙ্কিত দেখাচ্ছে তাকে। যেন কিছু একটা ভুল বা অন্যায় কিছু বলে ফেলেছে জবা তাকে। চা ইতিমধ্যে ঠাণ্ডা হয়ে গেছে হয়ত। চায়ের কাপ হাতে নেয়া শেফার হাত রীতিমত কাঁপছে!

জবা আবার তাকে জিজ্ঞেস করলো, "শেফা আমাদের ঘরের দক্ষিণ পাশের ঘরটায় কে থাকে?"

শেফা কোনরকম কথার মোড় ঘুরানোর জন্য বলল, "আপনাকে আরেক কাপ চা করে দিবো? এটা ঠাণ্ডা হয়ে গেছে। আপনি ঠাণ্ডা চা খেতে পারবেন না।"

জবা একটু কাছ ঘেঁষে দাঁড়ালো শেফার। তারপর জিজ্ঞেস করল, "শেফা সত্যি করে বলো তো আমাদের পাশের দক্ষিণ পাশের ঘরটায় কে থাকে? আর তোমাকে আমি আগে বলেছিলাম আমাকে আপনি করে বলবে না। আপনি করে বলাটা আমার কাছে খুব অস্বস্তি লাগে, এছাড়া তুমি আমার বোন হও সুতরাং আমাকে আপনি করে বলার মত কিছু নেই। তুমি চাইলে আমাকে তুমি করে বলতে পারো, আপনি করে বলাটা পর পর লাগে। তুমি কি আমাকে খুব দূরের কেউ মনে করো?"

শেফা কি বলবে ভেবে পাচ্ছিল না। মনে হচ্ছিল জবার সেই প্রশ্নটার জন্য সে ওখান থেকে দৌড়ে পালাবে। হাতে চায়ের কাপ থরথর করে কাঁপছে। যেকোনো সময় ঠাস করে হাত থেকে কাপ পড়ে ভেঙে সারা ঘরময় ভেসে যাবে ঝিনঝিন শব্দে।

জবা শেফার হাত থেকে চায়ের কাপ নিয়ে পাশের চেয়ারে বসিয়ে বলল, "আমাকে বলতে ভয় পেও না। আমি শুধু জানতে চাচ্ছি। আর কে এমন থাকে যে আমাকে বলা যাবে না? তুমি কি জানো মানুষের কাছে কথা লুকানো কতো খারাপ একটা অভ্যাস? আর আমরা এখানে সারা জীবন থাকবো না, আমরা এসেছি নিতুর ছুটি কাটাতে আর চাচাকে দেখতে। তোমাকে আমি জোর করবো না। মনে রেখো একজন মানুষ আরেকজন মানুষকে কখনো নিয়ন্ত্রণ করতে পারে না, তাই তোমাকে জোর করে কথা বের করবো এমনটা ভেবো না।"

আসলেই তো! মানুষ কিভাবে একজন মানুষকে নিয়ন্ত্রণ করতে পারে? যুগ যুগ ধরে মানুষ চলে এসেছে নিজের ইচ্ছার উপর নির্ভর করে। আচ্ছা থাক সেসব কথা। মানবজীবনে এমন হাজারো কথা পেছনে ফেলে রেখে দিতে হয়, পেছনে ফেলে দিতে পারলেই বেঁচে যাওয়া যায়, নয়তো খামোখা পিছুটান তৈরি হয়ে যায়। জীবনে সবচেয়ে বেশি খারাপ ছোঁয়াচে রোগ হচ্ছে পিছুটান।

শেফাকে আর কিছু বলা ঠিক হবে না। শেফা নিজ থেকেই ঘর থেকে বের হয়ে চলে গেলো। ইশরাক সাহেবের স্ত্রীর গলার শব্দ পাওয়া যাচ্ছে। সে খুব সম্ভবত নতুন কাজের মেয়ের বিছানা-পত্তর নিয়ে ঘর বাতলে দিচ্ছেন। ও ঘর থেকে বাদলের কঠিন স্বর শোনা যাচ্ছে। বাদল হচ্ছে এ বাড়ির কাজের লোকদের প্রধান। তার উপর মনে হয় মাজেদা বানুও কথা বলতে সাহস পান না, বাদল খুব আগের, পুরনো এবং অতি বিশ্বাসী একজন মানুষ। ইশরাক সাহেব তাকে অত্যন্ত স্নেহ করেন। বাদলকে সবাই ডাকে বাদল ভাই বলে। বাদল ভাইয়ের বয়স আটকে আছে বিশে, তাকে দেখলে কেউ বুঝতে পারবে না তার একটা মেয়ের সেদিন বিয়েও হয়ে গেছে। গ্রামের বাতাস বলে একটা কথা আছে, বয়স আটকে রাখার প্রবল ক্ষমতা নিয়ে এরা জন্মায়। বাদল ভাই হঠাৎ কোথেকে ছুটে এসে বললেন নিতুকে ঘরে পাওয়া যাচ্ছে না। দুপুরে খেয়ে নিতু গল্পের বই পড়ে। তার ঘর ছেড়ে না বলে কোথাও যাওয়ার কথা না। আর যাই হোক জবাকে সে বলেই বের হবে। সারা বাড়ি হুট করেই নিস্তব্ধ হয়ে গেলো। ইশরাক সাহেব ছুটলেন মানুষ ডাকতে। এই গ্রামে একটা অপরিচিত মেয়ে না বলে এভাবে কোথাও ধুম করেই গায়েব হয়ে গেলো কিভাবে।

মাজেদা বানু বাদলের উপর চেঁচামেচি শুরু করে দিলো। "তুমি দেখো নাই এতোটুকু একটা মেয়ে কিভাবে অপরিচিত জায়গায় এসে কিভাবে বের হয়?"

বাদল ভাই নিজেও চেঁচামেচি শুরু করে দিলো। নিতুকে সে বই পড়তে দেখেছে, এর আগে সে নিজে এক গ্লাস পানি দিয়ে এসেছে উপরে। জবা অত্যন্ত ঠাণ্ডা মাথায় বলল, "আমাদের হয়ত কোথাও ভুল হচ্ছে! দেখো চাচি নিতু অতটাও ছোট না যতোটা তোমরা ভাবছ। তার নিজের চলার মতো সাংঘাতিক সাহস আছে, নিতু হয়ত এখানে সেখানেই আছে। একটু খোঁজ করলেই পাওয়া যাবে।"

বাদল ভাই মুখ বেঁকে কুৎসিতভাবে বলল, "শুনো দিদিমণি, আমরা কি ভেবেছ নিতু আপাকে খুঁজি নাই? রাবেয়া কই? ওই রাবেয়া তুই নিতু আপারে দেখস নাই বই পড়তে?"

সামনে একটা বারো-তেরো বছরের মেয়ে। সে বাদল ভাইয়ের ধমক খেয়ে প্রায় কেঁদেই ফেললো। এই মেয়েটাই আজ কাজে এসেছে নতুন। তার কাছে এই অভিজ্ঞতা নতুন, তার জীবনে এমন ঘটনা হয়ত আগে ঘটেনি। সে বাদল ভাইয়ের সামনে মাথা নিচু করে বলল, "আমি তো আজ নতুন। আপা পানি চাইছে বাদল ভাই আমারে বলছে যা উপরে গিয়া পানি দিয়া আয়। আমি পানি দিয়াও আইলাম। এরপর আর আপারে দেখি নাই। কসম বড় আপা! আমি গরিব মানুষ আমার কোন দোষ নাই।"

জবা বিরক্ত হয়ে বলল, "কেউ তোমাকে এখানে দোষ দিচ্ছে না। আর চাচি প্লিজ। নিতু হয়ত একটু এদিক-ওদিক বেড়াচ্ছে। এসে যাবে, আমরা না হয় অপেক্ষা করি।"

৮

সন্ধ্যা ছয়টা। নিতু এখনো ফেরেনি। ইশরাক সাহেব চিন্তিত হয়ে ঘরে পায়চারি করতে লাগলেন। আজকে রান্না হয়নি। জবার কেন জানি খুব ভয় হতে লাগলো। গেলো কোথায় মেয়েটা? আজকে সারা দিন শাহেদকে দেখা যায়নি। এতো বড় একটা ঘটনা ঘটে গেলো তার কোন খোঁজই নেই! জবা তাৎক্ষণিক সিদ্ধান্ত নিলো নিতু ফিরে এলেই ঢাকা ফিরে যাবে। এই ছেলেটা এতো গা ঢাকা দিয়ে থাকে কীভাবে? জবার হঠাৎ মনে হল সে অকারণেই শাহেদের কথা ভাবছে। এই ছেলের কথা ভাবার মত কিছুই ঘটেনি। জবার এখন নিতুকে নিয়ে চিন্তা করার কথা, নিতু সেই দুপুর থেকে গায়েব হয়ে আছে। বাইরে হালকা বাতাস। আচ্ছা যদি এখন বৃষ্টি শুরু হয় মেয়েটা কি করবে? সে কি পথ হারিয়ে ফেললো? পথ হারালে তার হন্টন পদ্ধতি অবলম্বন করে ফিরে আসতে পারবে যদি সে পথ চিনে থাকে, কিন্তু নিতুর কি আসলেই কিছু হয়েছে। জবার মনে হচ্ছে নিতু একটা জটিল সময়ের ভেতর দিয়ে যাচ্ছে। যেমন সে রাস্তা হারিয়ে হয়ত কাছেই কোথাও বসে আছে। হঠাৎ করে হয়ত দেখল অপরিচিত কেউ একজন আসছে, নিতু সাহায্য না নিয়ে উলটো ভয় পেয়ে বসে থাকবে। এভাবে চিন্তা করতে জবার আর ভালো লাগছে না। চিন্তার ডিরেকশান পালটে ফেলতে হবে। নিতুর একটা বই নিয়ে বসে পড়লে হয়ত সাময়িক এই চিন্তা থেকে বাঁচতে পারবে। কেমন একটা ঘোর লাগছে। বাতাস আগের মতই বয়ে চলেছে। জানালার ভারী পর্দা নিয়ম মানছে না। শোঁ শোঁ করে উড়ছে শব্দ করে। অন্দরমহল আলাদা হলেও শেফাদের ঘর থেকে একটা ছোট যাওয়ার সিঁড়ি আছে। সিঁড়ি দিয়ে নেমেই দেখল ইশরাক চাচা চেয়ারে বসে হইচই টাইপ করছেন। সামনে যেতেই শোনা গেলো নিতুকে পাওয়া গেছে। ইশরাক সাহেব জবাকে দেখে প্রায় চেঁচিয়ে উঠলেন।

"জবা মা, খুবই ইন্টারেস্টিং ঘটনা। শুনলে তব্দা খেয়ে যাবি। শাহেদ বাজারের দিকে যাচ্ছিল হঠাৎ কাছে গিয়ে দেখল নিতু বসে বসে একাই কথা বলছে। আসলে কিন্তু সে নিজে নিজে কথা বলছিল না! নিতুর সাথে ছিল শক্তির কবিতার বই। সে বসে বসে কবিতা পড়ছিল। শাহেদ নিজেও কবিতা পছন্দ করে কিনা! সেও বসে গেল। সন্ধ্যা নামার সাথে সাথে নিতুকে নিয়ে বাসায় ফিরে এসে দেখে ভালোই হুলস্থুল কাণ্ড ঘটে গেছে। শাহেদ এই ব্যাপারটা নিয়ে বেশ আনন্দিত।"

জবার এইসব অযৌক্তিক কথা শুনে মেজাজ খারাপ হয়ে গেলো। একটা মেয়ে বাসা থেকে দূরে বসে আছে, কই বাসায় নিয়ে আসবে উলটো নিজেও বসে বসে বই পড়ছে! কত বড় বোকা সে! জবা রাগ সংযত করে চাচাকে বলল, "একটা মেয়ে এভাবে বাসা থেকে একা একা বসে বই পড়ছে শাহেদ ভাই নিশ্চয়ই জানে বাসায় ইতিমধ্যেই হইচই শুরু হয়ে গেছে? সে কিভাবে পারলো এভাবে সন্ধ্যা পর্যন্ত নিতুকে নিয়ে বসে থাকতে?"

শাহেদ ওর ঘরে যেতে যেতে বলল, "নিতুকে নিয়ে আমি বসে ছিলাম সেটা ভুল করেছি কি না সেটা পরে জানলেও হবে! আপাতত নিতুকে খাওয়ালে ব্যাপারটা বেশি ভালো হতো! আমার ধারণা নিতু ক্ষুধার্ত।"

৯

"আপনি লোকটা এমন কেন বলবেন?"

"কেমন?"

"জানি না আমি। আপনি কি মানুষ হিসেবে সব সময়ই এমন দায়িত্বহীন?"

"দেখুন মিস জবা, আমি সব সময়ই আমার দায়িত্ব নিয়ে সচেতন। আমি জানি না আপনি কিসের দায়িত্বের কথা বলছেন।"

"আপনি যে একটা মারাত্মক গা-ছাড়া ভাব নিয়ে চলেন সেটা জানেন?"

"আপনি আমার সাথে এভাবে কথা বলছেন কেন? আপনি কি জানেন আমার রাগ বেশি? রাগের মাথায় আমি খুনও করে ফেলতে পারি। এই ধরেন এখন বারান্দার পাশে দাঁড়িয়ে আছেন, আমার রাগ হলেই আমি মাথা ঠাণ্ডা রেখেই আপনাকে এক ধাক্কা দিয়ে নিচে ফেলে দিতে পারি। নিচে পড়ার ব্যাপারটা একটু বিস্তারিত বলি! আপনাকে আমি সোজাসুজি ধাক্কা দিলে পড়বেন এলোপাথাড়ি। তখন মাথায় চোট পাবেন, হয়ত স্মৃতি শক্তিও হারিয়ে ফেলবেন। নিতুকে দেখলে বলবেন, এই মেয়ে আমার সামনে থেকে দূর হয়ে যা। হা হা!"

"দেখুন শাহেদ ভাই, আমার ঠাট্টা মোটেও পছন্দ না!"

"জি আমারও। এখন দয়া করে বলবেন কি আপনার মন খারাপ কেন?"

জবা অবাক হয়ে গেলো প্রায়। তার মন আসলেই খারাপ। সে এসেছিল শেফার কাছে গল্প করে মন ভালো করতে। নিতু চাচার সাথে বেরিয়েছে বাগান দেখার জন্য। শাহেদকে দেখে সেদিনের রাগটা আজ ঝেড়ে ফেলতে খুব ইচ্ছে করছিল। কিছু কিছু মানুষ আরেক মানুষের

মনের কথা পড়তে পারে। পড়তে পারার এই গুণটাকে বলা হয় থট রিডিং। এটা মানুষের বিশেষ গুণ নাকি অন্য কিছু জবা জানে না। এমন হতে পারে মন খারাপের আলাদা একটা চেহারাও থাকে, মুখের দিকে তাকালেই বুঝতে পারবে এই মানুষটার মন খারাপ। বিজ্ঞানীরা কতো কিছু আবিষ্কার করলো কিন্তু মন খারাপ আছে কি না বুঝার জন্য কোন যন্ত্র আবিষ্কার করলো না। এই যন্ত্রটা ঘরের এক প্রান্তে লাগানো থাকতো। ঘরে দুইজন মাত্র লোক থাকলে খুব সহজেই বুঝা যাবে। অপরপক্ষের মন খারাপ থাকলে সেই যন্ত্রটি সবুজ সংকেত দিবে! বিজ্ঞান যেহেতু এগিয়ে যাচ্ছে তাই যেকোনো দিন এই যন্ত্রও আবিষ্কার করে ফেলতে পারে। ভালোই হবে!

"শাহেদ ভাই, আমি কি আপনার পাশে একটু বসতে পারি?" জবার কণ্ঠে উৎকণ্ঠা।

"অবশ্যই পারেন। আপনি কি জীবনানন্দের কবিতা ভালোবাসেন?"

"না। আমি কবিতা পছন্দ করি না। সাহিত্যের এই ধাপটি আমার অপছন্দ। তবে তার একটা কবিতা আমার খুব প্রিয়।"

"কোন কবিতাটি?" শাহেদ উঠে গিয়ে জানালার পাশে দাঁড়ালো।

আজকের আবহাওয়া সুন্দর। রোদের আলো তির্যকভাবে জবার মুখে এসে পড়ছে। স্বর্গপুরের পরীদের এমন দেখায় হয়ত। অদ্ভুত ধরনের সুন্দর। জাম জারঙের শাড়ি পরা জবার। তাকে সত্যিই দেখাচ্ছে অন্য জগতের এক মানুষের মতো। একটা জিনিস নাই নাই লাগছে না? শাহেদ লক্ষ্য করে দেখলো জবা টিপ পরেনি। শাহেদ বরাবর দেখে এসেছে শাড়ি পরা অল্প বয়স্কা মেয়েরা কপালে ছোট করে টিপ পরে।

জবা টেবিলে থাকা একটি বই হাতে নিয়ে দেখতে দেখতে বলল, "আট বছর আগের একদিন।"

"শোনা গেলো লাশকাটা ঘরে নিয়ে গেছে তারে।" শাহেদের কণ্ঠে হতাশ। বৃষ্টি বাদলার দিন। যখন তখন বৃষ্টি আসে। হঠাৎ করেই ঝমঝম

করে বৃষ্টি নামতে লাগলো। শাহেদ বলে উঠলো, "মিস জবা আপনার মন ভালো করতে চান?"

জবা বোকার মতো বলল, "কীভাবে?"

শাহেদ জবার হাত ধরে হেঁচকা টান দিয়ে ছাদে নিয়ে গেলো। জবার জাম রঙা শাড়ি একমুহূর্তেই ভিজে চুপসে গেলো।

"আজি ঝরো ঝরো মুখর বাদল দিনে।" জবার চিৎকার করে গান গাইতে মন চাইলো। জীবনে এতো আনন্দ? এতো? কি অপার্থিব সুখে জবার মনে হচ্ছিল সে খুশিতে মরেই যাবে। বেশি খুশিতে মৃত্যু-বেদনা কম হয়, আনন্দে মরা যায়। আচ্ছা এই অপার্থিব আনন্দেও জবা কেন মৃত্যুর কথা মনে করছে?

শাহেদ জবার হাত ধরে চেঁচিয়ে বলল, "আনন্দ হচ্ছে না খুব?"

"খু-উ-ব! আমার তো আনন্দে ছাদ থেকে লাফ দিয়ে পড়ে মরে যেতে ইচ্ছে করছে!"

শাহেদ আবার চেঁচিয়ে বলল, "আমারও!" বৃষ্টির শোঁ শোঁ শব্দে শাহেদের কথা ভালোমতো শুনতেও পেলো না জবা।

শাহেদের জ্বর এলো রাত বারোটার দিকে। যেমন তেমন জ্বর না, আকাশ পাতাল জ্বর। জ্বরের উত্তাপে গায়ে হাত দেয়া যায় না। মাজেদা বানু চিন্তিত ভঙ্গিতে পাশে বসে রইলেন। এবং ঠিক সেই রাতেই ঘটনাটা আবার ঘটলো!

১০

জবার ঘুম আসছিল না। ইনসোমনিয়া হলো নাকি কে জানে। আগে তো এমন হতো না, যদিও আজই প্রথম এমন হচ্ছে। নিতু আজ ঘুমিয়েছে শেফার সাথে। সে আজ বায়না ধরেছে শেফার সাথে ঘুমাবে। অর্থাৎ ঘরে জবা একেবারে একা। সে ভয় পাচ্ছে এমন না। জবা দীর্ঘদিন একা থেকেছে। উনিশ বছরের তরুণীর ভয় পাওয়ার কথা না। ঘুম না আসার কারণে বারান্দায় এসে দাঁড়ালো। বাইরে উথালপাথাল জোছনা। বাইরের পরিবেশ তছনছ করে দিচ্ছে ভয়ংকর জোছনা। মিষ্টি একটা ফুলের গন্ধ পাওয়া যাচ্ছে। বেলি ফুলের গন্ধ না?

বারান্দায় দাঁড়াতেই সেই পেঁচাটাকে আবার দেখলো জবা। এবার সেটাকে দেখাচ্ছে আরো বড়। আগের পেঁচাটাই। বারান্দার রেলিং ঘেঁষে দাঁড়ালো জবা।

পেঁচাটার কাছাকাছি আসতেই দক্ষিণ পাশের ঘর থেকে সেই কিন্নর কণ্ঠের হাসির শব্দ পেলো। আঁধার নেই আজ কোথাও। আয়নার মতো চকচকে জোছনা। বারান্দা ফেটে যাচ্ছে আলোয়। সেই আলোতেই আবছা দেখতে পেলো দক্ষিণ ঘরের জানালা খুলে এক মেয়ে হাত বাড়িয়ে জোছনায় হাত মেশাচ্ছে। চাঁদের আলোয় মেয়ের হাত দেখাচ্ছে রূপালি রঙের। বৃষ্টির পানি হাত দিয়ে স্পর্শ করার মতো জোছনা স্পর্শ করার চেষ্টা করছে হয়ত সে। জবা এগিয়ে গেলো সামনে। এই মেয়ে আসলে কে জবা এখনো জানে না। জানতে সে আগ্রহীও না। কাছে গিয়ে দেখলো স্মিতা নামের মেয়েটি নিজেই কথা বলছে। বদ্ধ উন্মাদ।

"কেমন আছো জবা?"

"ভালো আছি। আপনি কি প্রতি রাতে একা একাই কথা বলেন?"

"হ্যাঁ। কি করবো বলো? আমার সাথে কেউ কথা বলে না। অবশ্য আমার সাথে কথা বলার জন্য কেউ প্রস্তুতও না। তুমি কি একা ভয় পাচ্ছো? আমার ঘরে এসে আমার সাথে কথা বলতে পারো।"

ঘরে ঢুকে জবার মাথা ঘুরে গেলো। চারপাশ বেলি ফুলের গন্ধে মাথা ধরে যাচ্ছে। জানালার শিক ভেঙে জোছনার আলো ঘরে ভাঙা চুড়ির মতো ছড়িয়ে আছে। স্মিতার হাসি শোনা যাচ্ছে। স্বাভাবিক হাসি না, কেমন গা ছমছমে হাসি। ঘরের জানালা দিয়ে বারান্দা দেখা যাচ্ছে। পেঁচাটা এখনো বসে আছে চুপচাপ।

"বুঝলে জবা এখন সবাই ব্যস্ত। কারো আমার কথা মনে নেই। অবশ্য মনে না থাকাই স্বাভাবিক। আমরা একসময় আমাদের প্রিয় মানুষদের কথা ভাবা ভুলে যাই।"

জবা শুধু শুনলো, কিছু বললো না! কি সুন্দর অপরূপ জোছনা! মিনিট পাঁচেক নীরবতা পালনের পর জবা মুখ খুললো, "আপনার কি হয়েছে?"

"আমার যা হয়েছে তা শুনতে তুমি এখনো প্রস্তুত না। ঢাকা ফিরে যাচ্ছো কবে?"

"আপাতত যাচ্ছি না। চাচার শরীর ভালো যাচ্ছে না। এ বাড়িতে অনেকে থাকলেও আমরা আপাতত তাকে ফেলে যেতে পারছি না। কিন্তু কেন?"

"আরো কিছুদিন থাকলে আস্তে-ধীরে জানতে পারবে। রাতে শাহেদ খেয়েছে?"

হঠাৎ শাহেদের কথা বলায় শাহেদের কথা মনে পড়ে গেলো। আজকে শাহেদের সাথে দেখা হয়নি। জ্বরে পুড়ে যাচ্ছিল যার কারণে তার পাশে সর্বদাই শেফা ছাড়াও চাচি থাকেন। তাও জবার মনে হচ্ছিল এই ছেলেটার পাশে থাকা দরকার! কেন মনে হচ্ছে? জবা তার উনিশ বছরের জীবনে কারোরই প্রেমে পড়েনি, পড়ার মত কোন অবস্থা যে আসেনি সেটাও না। স্কুলে লুকিয়ে লুকিয়ে চিঠি লেখার মতো কাজ সে

করেনি। তাও মনে হচ্ছে এই প্রথম কারো জন্য নিজের সব বিলিয়ে দিতে মন চাইছে! চট করে প্রেমে পড়ার মাঝে অদ্ভুত একটা ভালো লাগা থাকে সব সময়ই। হঠাৎ করে বৃষ্টি আসলে যেমন চিৎকার চেঁচামেচি করে জানিয়ে দিতে ইচ্ছে করে যে তার আনন্দ হচ্ছে ঠিক তেমনই প্রেমে পড়ার ভেতরেও একটা ভালো লাগা কাজ করে। হয়ত দেখা যাবে যে মানুষটিকে সবচেয়ে বেশি ভয় পায় বা চোখের এক প্রকার কাঁটা হয়ে থাকে তাকেই ছলেবলে বোঝানো হচ্ছে যে সে তার প্রেমে পড়েছে। প্রেমে পড়ার পুরো বিষয়টিই চমৎকার!

"এই প্রথম প্রেমে পড়েছ?"

জবা হকচকিয়ে গেলো! "তার মানে? প্রেমে পড়েছি মানে?"

স্মিতা শব্দ করে হেসে উঠলো, আগের মতই গা ছমছমে হাসি। জোছনায় স্পষ্ট তাকে এখন আর দেখা যাচ্ছে না। জবার কেমন ভয় ভয় করতে লাগলো। একটা কথা মাথায় আসছে না, শেফা কেন স্মিতার কথা এড়িয়ে গেলো? নিশ্চয়ই কোন গণ্ডগোল আছে। জবা উঠে দাঁড়াতে দাঁড়াতেই শুনতে পেলো কে যেন গুনগুন করে গান গাইছে। গানের ভাষাটা সম্পূর্ণ আলাদা জগতের। আজব তো! এইমাত্র জবা দেখেছে স্মিতা তার পাশেই দাঁড়ানো ছিল। গেলো কোথায়? এবং ঘাড় ঘুরাতেই জবার উলটা পাশে স্মিতাকে দাঁড়ানো অবস্থায় দেখলো। জবা হুট করে মনে করতে পারলো না স্মিতা কি রঙের শাড়ি পরা ছিল। প্রকট জোছনার আলোয় হঠাৎ স্মিতা শাড়ির আঁচল খুলতে শুরু করলো! জবার সামনেই। আতঙ্কে জবার গলা শুকিয়ে কাঠ হয়ে যাচ্ছে! ভয়ে চিৎকার করতে যাচ্ছিল ঠিক তখনই টের পেলো জবার হাতে একটা ছেঁড়া কাগজ। কি করে এলো! মাথা কাজ করছিল না জবার, তবে বুঝতে পারছিল যা হচ্ছে সব হ্যালুসিনেশন। জবা কঠিন কল্পনায় আছে। তার এখন শাহেদের পাশে থাকার কথা! নয়ত নিতুর পাশে বসে কাকাবাবু শোনার কথা। এই পরিস্থিতি থেকে বের হয়ে আসতে হবেই! স্মিতা নামের কেউ নেই এই জগতে কেউ না!

"জবা আমার গলায় এখনো ফাঁসির দাগটা রয়ে গেছে। তুমি কি দেখতে চাও?"

"না, আমি চাই না! তুমি স্মিতা না। তুমি আমার মনের কল্পনা। প্লিজ দয়া করে চলে যাও। আমার খুব যন্ত্রণা হচ্ছে। আমায় দয়া করো। অযথা ভয় দেখিও না!"

"হা হা। তোমার কি ধারণা এই ঘরে কেউ থাকে? থাকে অবশ্যই তবে আমার আত্মা! এই দেখো শাড়ির আঁচলের নিচে এখনো কি সুন্দর দুটো স্তন জীবিত! এখনো নখের আঁচড়ে আমি প্রতি জোছনায় জীবিত হয়ে উঠি। আসো আমার কাছে আসো জবা। দেখো কতো বিষাদ আমি লুকিয়ে রেখেছি! কাউকে না কাউকে তো আমার জানাতেই হবে একজন মৃত মানুষের বিষাদ কতো ভয়াবহ।"

জবা যেখানে ছিল সেখানেই মূর্ছা গেলো।

১১

দুদিন ধরে জবা একদম অসুস্থ হয়ে বিছানায় পড়ে রইলো। ইশরাক আহমেদ বাসায় ডাক্তার আনিয়ে দেখালেন। ডাক্তার দেখেটেখে বললেন রাতে রক্তচাপ কমে গিয়ে মাথা ঘুরে পড়ে গিয়েছিল হয়ত। বিছানা ছেড়ে যেন না ওঠে, এক প্রকার আদেশ দিয়ে গেলেন। হাত-পা মৃত মানুষের মতো ঠাণ্ডা হয়ে আছে। মাজেদা বানু শাহেদের জায়গা বদল করে এখন এসেছে জবার পাশে। শাহেদের জ্বর কমে গিয়ে এখন একদম সুস্থ। বাবলু ভাই এসেছে জবাকে দেখতে। বাবলু ভাইয়ের কাজ হচ্ছে বাড়ির সবাইকে বেহুদা ধমকানো। হুট করে দেখে কেউ ভাববেও না যে সে এ বাড়িরই আরেকজন কাজের লোক, যদিও তাকে কেউ কাজের লোক বলে না। শেফা ছোট থেকেই তাকে দেখে আসছে। এমনকি এই তো কয়দিন আগে যে তার মেয়ের বিয়ে হলো শেফা তার বাসায় পর্যন্ত থেকেছে। বাবলু ভাই আসলে এই বাড়িরই সদস্য। নিজের বাড়ির মতো অনেকদিন থেকে আগলে রেখেছে। ইশরাক সাহেব এসে জবার পাশে দাঁড়ালেন। তাকে সামান্য চিন্তিত দেখাচ্ছে, ভ্রু কুঁচকে বললেন, "জবা মা কি হয়েছিল তোর? হঠাৎ করে এভাবে অসুস্থ হয়ে গেলি! আমি তোদের দেখাশোনা করতে পারলাম না। ইরতাজ থাকলে আমি কি জবাব দিতাম কে জানে! তুই মা চিন্তা করিস না, ডাক্তার বলেছে দ্রুত সুস্থ হয়ে যাবি। আমি তোর জন্য কিছুই করতে পারলাম নারে!"

জবা ব্যস্ত হয়ে উঠতে চেষ্টা করলো। শরীরে যেন একটুও শক্তি নেই। মাজেদা বানু ব্যস্ত হয়ে জবাকে বিছানায় রাখা শিমুল তুলোর বালিশে শুইয়ে দিলো। ইশরাক সাহেবের হাত ধরে জবা চিচি করে কি যেন বলতে চাইলো। জবার কণ্ঠে ভয় সাথে উদ্বেগ!

ইশরাক সাহেব জবার মাথার কাছে গিয়ে কি হয়েছে জানতে চাইতেই মিনিট দুয়েক পর চোখের ইশারায় সবাইকে ঘর থেকে চলে যেতে বললেন।

মাজেদা বানু তখনো ঘরে, ঠিক জবার পেছনে। ইশরাক সাহেব মাজেদা বানুর দিকে তাকিয়ে বললেন, "তুমি কি দয়া করে একটু বাইরে যাবে? আমি আশা করি এই কথায় তুমি আহত হবে না।"

মাজেদা বানু জবার দিকে তাকিয়ে বলল, "আমি জানি জবা কি বলবে। তাও আমার কি উচিত না এই মুহূর্তে এই ঘরে থাকা?"

ইশরাক সাহেব অবাক হলেন। সে উঠে জবার পাশে এসে বসে বলল, "আপাতত তুমি এই ঘর থেকে বিদায় হও এবং দয়া করে দরজার পেছনে লুকিয়ে থাকবে না। আমি খুবই অপছন্দ করি গোপন কথার সময় কেউ দরজার আড়ালে থাকলে!"

মাজেদা বানু গটগট করে ঘর থেকে বেরিয়ে গেলো। তার পায়ের দ্রুততায় ইশরাক সাহেব টের পেলেন আজ মাজেদা বানু তুমুল কাণ্ড করবেন পরে।

জবা কোনোরকম মুখ খুললো। অসুস্থ হলে হয়ত ঈশ্বর পুরো জগৎকেই থামিয়ে দেন। জবার গলায় কোনোরকম কথাই শোনা গেলো না। ইশরাক সাহেব জবার মাথায় হাত রাখলেন। পরম মমতার হাত। জবার বাবা ইরতাজ সাহেব মারা যাওয়ার পর বাবার সমতুল্য কেউ এভাবে মাথায় হাত রাখলো। ইশরাক সাহেব ধীর গলায় বললেন, "জ্বর হওয়াটা স্বাভাবিক অস্বাভাবিক দুটোই। এতে এতো ঘাবড়ে যাওয়ার কিছু নেই। তোর কিছু বলার থাকলে বলতে পারিস মা! আমি খুব চিন্তিত বোধ করছি তোকে নিয়ে। নিতুকে আমি আজ শেফার ঘরে পাঠিয়ে দিবো। অন্দরমহলে আজ কেউ ঘুমাবে না।"

জবা এবার মুখ খুললো। "চাচা আমাদের দক্ষিণ পাশের ঘরটায় যে মেয়েটা থাকে সে কে?"

ইশরাক সাহেব স্বাভাবিকের চেয়ে বেশি চমকালেন। আঁতকে উঠে বললেন, "কে? দক্ষিণ পাশের ঘরে মানে! তোর কি মাথা ঠিক আছে? ওই ঘরে কেউ থাকে না। অন্দরমহল আজ থেকে তালাবদ্ধ থাকবে।"

জবা চাচার দিকে তাকিয়ে জিজ্ঞেস করলো, "দক্ষিণ পাশের ঘরটায় কে থাকে? আমি কি জানতে পারবো না?"

ইশরাক সাহেব হেসে জবাব দিলেন, "কিছু কিছু জিনিস আমাদের গোপন রাখতে হয়। কিন্তু প্রকৃতি সেটা পরিস্থিতি অনুসারে জানান দিয়ে দেয়। জবা মা, আশা করছি প্রকৃতিই তোকে সেটা জানিয়ে দিবে।"

বলেই ইশরাক সাহেব উঠে ঘর থেকে চলে গেলেন। দরজার চপাশ থেকে মাজেদা বানুর ছুটে যাওয়ার শব্দ শোনা গেলো।

১২

দুপুর একটা। এই ঘুঘু ডাকা দুপুরে শাহেদের জানালার শিক ভেঙে দূরে কোথাও পালিয়ে যেতে ইচ্ছে করে, কিংবা ইচ্ছে করে প্রিয় কোন কবিতার বইয়ের পৃষ্ঠা থেকে প্রিয় কোন কবিতা ছিঁড়ে ফেলে দিতে। দুপুরের এই সময়টা ইচ্ছে করে ঠিক এইভাবে অবহেলায় কাটিয়ে দিতে। কোন প্রকার কষ্ট থাকবে না, কোন বিষাদ থাকবে না। মানুষের একটা ব্যক্তিগত সময় থাকে মন খারাপ করার। ঈশ্বর অবলীলায় এইসব সময় নির্ধারণ করে দিয়েছেন। কেউ স্বীকার করুক আর না করুক সবারই ব্যক্তিগত বিষাদের জানালা থাকে, এবং সবাই চায় এই জানালা ভেঙে পালাতে। কিন্তু দুঃখের বিষয় হচ্ছে, আমরা এই বিষাদের জানালায় বন্দি।

রবীন্দ্রনাথের গানের "ভেঙে মোর ঘরের চাবি নিয়ে যাবি কে আমারে" এর মতো কেউ হয়ত ঘরের জানালার শিক ভেঙে নিয়ে যায় না কাউকেই। কেউ কাউকে নিয়ে যাওয়ার ক্ষমতা নিয়ে জন্মায় না। সবাই চলে যায় নিজেদের স্বার্থে। সুন্দর নিয়ম প্রকৃতির! অবশ্যই বাজে রকমের ঘৃণা মেশানো সুন্দর। শাহেদের মন পড়ে আছে বারান্দার পাশের ঘরটিতে। অন্দরমহলে আজ থেকে কারো থাকার আর অনুমতি নেই। বাবা ইশরাক সাহেব কঠিনভাবে নিষেধ করে দিয়েছেন, আর দক্ষিণ পাশের ঘরে আবারো নতুন করে তালা লাগানো হলো। জবা এসবের কিছুই জানলো না, দেখলো না। সে জানে না এই অন্দরমহলকে ঘিরে কি হতে যাচ্ছে তার জীবনে। ইশরাক সাহেবের কঠিন সত্য সেই কথা, "কিছু কিছু জিনিস আমাদের গোপন রাখতে হয়। কিন্তু প্রকৃতি সেটা পরিস্থিতি অনুসারে জানান দিয়ে দেয়"- ঠিক এই কথাটাই খুব শীঘ্রই ঘটবে হয়ত জবার জীবনে! ভবিষ্যতে কি হয় না হয় সে সম্পর্কে আমরা কেউ জানি না। ভবিষ্যৎ এমনই এক অদেখা কঠিন সত্য যা মানতে না চাইলেও আমাদের মেনে নিতে হয়।

অন্দরমহলের দক্ষিণ পাশের ঘর বন্ধ হলো এবং ঠিক সেদিনই জবা একদম সুস্থ হয়ে গেলো। না মানে স্বাভাবিক সুস্থতা যাকে বলে সেটা না। এখনো হাত ধরে বাথরুমে যেতে হয়। জ্বরে খুব সাধারণত এমনটা হয় না। জবার কেন হলো কে জানে। নাকি অন্দরমহলের সেই ঘটনার সাথে কোন যোগসাজশ আছে?

ইশরাক সাহেব বের হলেন। তার উদ্দেশ্য কালীগঞ্জের দিকে যাওয়া।

বাসা থেকে মাত্র দুই মাইল দূরে, তাও ইশরাক সাহেব রিকশার জন্য অপেক্ষা করতে লাগলেন। একটু কাছে যেতেই দেখলেন শাহেদ দাঁড়িয়ে আছে আকাশের দিকে তাকিয়ে। শাহেদের ঠোঁটে সদ্য জ্বলন্ত সিগারেট। শাহেদের চেহারায় বিষাদের ছাপ স্পষ্ট বোঝা যাচ্ছে। তেইশ বছরের যুবকের এভাবে বাবার সামনে সিগারেট খাওয়াটা খুবই অস্বাভাবিক একটা ব্যাপার। শাহেদ দ্রুত ঠোঁট থেকে সিগারেট মাটিতে ফেলে দিলো। ইশরাক সাহেব তার ছেলেকে সিগারেট ফেলে দেয়ার দৃশ্য দেখে কিছুই বললেন না। এই দেশে সিগারেট ধরানো সিরিয়াস অপরাধের মধ্যে পড়ে। কিন্তু শাহেদের সিগারেট খাওয়ার বয়স হয়নি যে তা তো না! সে প্রাপ্ত বয়স্ক, কিন্তু তারপরও ইশরাক সাহেব ব্যাপারটা বুঝতে দিলেন না যে তিনি দেখেছেন। শাহেদের কাছে এসে তিনি বললেন, "এখানে কি করছো?"

শাহেদ হাত পাঞ্জাবির পকেটে রেখে বললো, "দাঁড়িয়ে আছি বাবা! কোথাও যাচ্ছো তুমি?"

ইশরাক সাহেব জবাব দিলেন, "কালীগঞ্জ যাচ্ছি। একটা বড় কাজের উদ্দেশে। এখানে দাঁড়িয়ে থেকো না। ঢাকা থেকে যে তোমার ছোট চাচার মেয়েরা এসেছে তাদের সময় দিতে পারো। আর একমাস পরে তুমি নিজেও তো নিজের জায়গাতেই ফিরে যাবে!"

শাহেদ মাথা চুলকে বললো, "আমি চেষ্টা করবো বাবা! তুমি সাবধানে যেও।"

একটা হুড তোলা রিকশা ডেকে ইশরাক সাহেব চলে গেলেন। শাহেদ আরেকটা সিগারেট ধরালো পকেট থেকে। আগের সিগারেটের ফিল্টার ঠিকমতো জ্বলার আগেই মাটিতে ফেলে দিতে হয়েছে। এদেশে কতো যুবক পয়সার অভাবে সিগারেট কিনে খেতে পারে না। শাহেদের এসব অপচয় করতে মন চায় না। দেখা গেলো মধ্য রাতে সে নিজেই একটা সিগারেটের অভাবে ভুগছে। দুপুরের একটা সিগারেট অপচয় তার মত বেকার যুবকের কাছে অনেক বিশাল কিছু!

হাওয়া ছাড়ছে। ইদানীং ঋতু আসার আগেই ঝড় বাদলা হচ্ছে। হুটহাট করে বৃষ্টি নামে। সেদিন ছাদে গিয়ে ভিজে শাহেদের সেই রাতের কথা মনে পড়ে গেলো। বাড়ির কেউ কখনই জানতে পারবে না ভেজার জন্য না বরং অন্য কোন কারণে, ভয়ে-আতঙ্কে জ্বর এসেছিল। এই ব্যাপারটা হাস্যকর হলেও একজন ছেলের কাছে খুব স্বাভাবিক। হঠাৎ করেই একটা স্নিগ্ধ হাওয়া ঝাপটে ধরলো তাকে। একেই কি বলে ভালোবাসা? জানা নেই শাহেদের। রাস্তার পাশের টঙের দোকানটায় গিয়ে বসতেই বাবলু ভাইকে দেখতে পেলো। আনমনে চা খাচ্ছিলেন। শাহেদ কিছু না বলে পাশে গিয়ে বসলো। তার মুখের ভঙ্গি বলে দিচ্ছে বাবলু ভাই কিছু নিয়ে বিরক্ত। সে চা পান করছে শব্দ করে, একমাত্র বিরক্ত হলেই সে শব্দ করে চা খান। শাহেদকে দেখেই গলা উঁচু করে বললো, "সব শালা ধান্দাবাজ! দেখো চায়ে বলছি চিনি কম দিস, শালা ধাপ্পাবাজ চিনিই দেয় নাই। এই বালের চা খাইয়া শরীল ঠিক থাকে?" তারপরেই চায়ের দোকানদারের দিকে তাকিয়ে একটা অশ্লীল গালি ছুড়ে দিলেন। দোকানদারের বয়স অল্প। স্কুলে পড়লে হয়ত ক্লাস সেভেন-এইটে পড়তো। শাহেদের দিকে তাকিয়ে দোকানদার ছেলে বললো, "ভাইসাব অপরাধ নিয়েন না। এই লোকের থেকা কম হইলেও দুইশো ট্যাকা পাই। সে চায়ে চিনি আশা করে কেমনে?"

বাবলু ভাইয়ের মুখে আরেক দফা গালি শোনা গেলো। ঘটনা সুবিধার না। বাবলু ভাইয়ের রাগে হাত কাঁপছে। যেকোনো সময় তুলকালাম লাগিয়ে দিবে। বাবলু ভাইয়ের কাছে এখন দুইশ টাকা কিছুই

না। সে ইশরাক সাহেবের বাসায় কাজ করেন টাকার জন্য না, মায়ার জন্য। এই অমূল্য মায়াই আমাদের কিছু মানুষকে বাঁচিয়ে রেখেছে।

শাহেদ বাবলু ভাইয়ের দিকে তাকিয়ে বললো, "বাবলু ভাই টাকাটা দিয়ে দেন না হয়। গরিব মানুষ!"

বাবলু ভাই উঠে দাঁড়িয়ে চায়ের কাপ প্রায় ছুঁড়ে ফেললো দোকানদার ছেলের দিকে। অল্প বয়স্ক ছেলেটি ভয় পেয়েছে কি না বুঝতে পারলো না শাহেদ, তবে বুঝতে পারলো বাবলু ভাই কাজটা মোটেও ঠিক করছে না। মানুষ হয়ে আমরা কেন যে মানুষকে ঠকাই!

রাস্তার উপর এসে শাহেদকে বাবলু ভাই বললেন, "শালার যে দোকান দেখছো এই দোকান উঠানোর টাকা কে দিছে? এই আমি বাবলু। শালা মূর্খ, অকৃতজ্ঞ কোথাকার!" ঠিক তখন শাহেদের মনে হলো জগতের সব মানুষগুলো কেন বাবলু ভাই হয় না?

১৩

আচ্ছা একটা অতীত কি জড়িয়ে থাকতে পারে এসবের সাথে? জবার মাথায় ঢুকে না। কিন্তু কিসের অতীত? জবা তার চাচার বাসায় এই প্রথম এসেছে, এর আগে শুধু চাচার কথা মুখেই শুনেছে। জবা জানে না তার সাথে কি হবে বা হতে যাচ্ছে। গোসল করে বের হয়েই দেখলো নিতু উপুর হয়ে শুয়ে বই পড়ছে। জবারা এসেছে নিতুর ছুটির বন্ধে। অথচ নিতু তার ছুটির সময়টা কাটিয়ে দিলো এভাবে বই পড়ে! আশ্চর্য রকমের একটা মেয়ে নিতু। কোন আগ্রহ নেই। সদ্য গোসল করা উনিশ বছরের তরুণীর চিকন কোমরে পাহাড়ে বয়ে যাওয়া ঝরনার মতো পানি পড়ছিল। সাক্ষাৎ দেবী!

হঠাৎ নিতু কাছে এসে বলল, "আপা তুমি সেদিন কাকে দেখেছিলে?"

জবা ভ্রু কুঁচকে বলল, "জানি না! খুব সম্ভবত হ্যালুসিনেশন ছিল।"

নিতু জবার কথায় জবাব দিলো, "আর তাতেই তুমি এভাবে অসুস্থ হয়ে গেলে? তুমি কি সেদিন কোন অশরীরী কিছু দেখেছিলে আপা?"

জবা জবাব দেয়ার মতো কিছু খুঁজে পাচ্ছিল না। এতোটুকু মেয়েটাকে সে কি জবাব দিবে? টানা দুই মিনিট নীরব থেকে জবাব দিলো, "আমরা যে ঘরে থাকতাম সেই ঘরের দক্ষিণ পাশের ঘরটায় একটা মেয়ে থাকে, কিন্তু চাচা আমাদের কাছে এটা কেন লুকালো বুঝতে পারছি না।"

নিতু উঠে এসে জবার পাশে বসলো। নিতুকে এখন কিছুটা সিরিয়াস দেখাচ্ছে। জবার দিকে তাকিয়ে বলল, "আপা তোমার কি মনে হয় না এটা খুবই অস্বাভাবিক? আর মেয়েটাকে তো আমিও দেখেছি!"

হাঁ হয়ে গেলো জবা! বলে কি এই মেয়ে। নিতুর এই কথাটা বিশ্বাস হচ্ছিল না জবার। চুল থেকে ভেজা টাওয়েল খুলতে খুলতে বলল, "তুই কি করে দেখেছিস? গুল মারছিস আপার সাথে?"

"একদম না আপা! তুমি জানো এই কাজটা আমি করি না, খুব অপছন্দের এটা। তোমার অসুস্থ হওয়ার আগে আমি সেদিন বাড়ির বাইরে গেলাম মনে আছে? শাহেদ ভাইয়ের সাথে যে ফিরে এলাম। আমি কিন্তু নিজের ইচ্ছায় যাইনি।"

এবার হেসে ফেললো জবা। "নিজের অনিচ্ছায় যাওয়া যায় কোথাও আগে শুনিনি তো! এই নিতু, দেখ, তুই কিন্তু এখন আমার সাথে সত্যি সত্যি গুল মারছিস।"

ঝড়ো হাওয়ায় জানালার কপাট শব্দ করছিল সেদিকে না তাকিয়ে নিতু বলল, "বই পড়তে পড়তে চোখ লেগে গিয়েছিল। হঠাৎ দেখি দরজার পাশে কে দাঁড়ানো। প্রথমে ভাবলাম তুমি কি না, পরে মনে হল তুমি তো কখনো চুল ছেড়ে এই ভর দুপুরে হাঁটো না। তাছাড়া সেসময় তোমার থাকার কথা শেফা আপার ঘরে, তোমরা সেদিন ঠিক করেছিলে একসাথে গল্প করবে। ঠিক কে দাঁড়িয়ে আছে সেটা দেখতেই আমি বিছানা ছেড়ে বাইরে গেলাম এবং সত্যি হলেও এরপর আমার আর কিছু মনে নেই। আমি কিভাবে সেখানে গেলাম আমার জানা নেই! শাহেদ ভাইয়ের সাথেই বা কিভাবে দেখা হয়েছে আমি জানি না আপা! আমার এখন কেন যেন মনে হচ্ছে এই বাড়িটায় অশরীরী কিছু আছে। তোমার কি মনে হয় না আমাদের এখান থেকে চলে যাওয়া উচিত?"

নিতুকে খুব অসহায় দেখাচ্ছিল, ভয় পেলে মানুষের চেহারায় এমন একটা ভয় ভয় ছাপ পড়ে যায়। নিতুকে এখন ঠিক তেমন দেখাচ্ছে। নিতুর বই উলটে পালটে দেখতে দেখতে জবা জিজ্ঞেস করলো, "নিতু তোর ছুটির আর কয়দিন বাকি আছে?"

হাতের আঙুল গুনে জবাব দিলো, "আর সতেরো দিন। আমরা কি কাল ঢাকা ফিরে যাচ্ছি আপা?"

জবা ভেবে বলল, "আমরা কাল ফিরে যাচ্ছি না নিতু। তোর কি মনে হয় না এটা একটা রহস্য? আমরা কেন এভাবে রহস্য থেকে পালিয়ে যাবো? আমাদের কি জানা দরকার না যে সে কে এবং কেনই বা চাচা আমাদের কাছে এটা লুকাচ্ছেন?"

"কিন্তু আপা আমরা এই বাড়িতে এই প্রথম এসেছি। আমাদের কি জানার কোন রাস্তা আছে?"

"একটা উপায় আছে! শেফা এই ব্যাপারে...না সেটা অবশ্যই ঠিক হবে না। আমাদের এই রহস্য জানতে হবে, আর রাস্তাও নিজেদেরই বের করতে হবে।"

"কিন্তু আপা আমরা তো ঢাকা ফিরে যাবো, এর আগে কি বের করা সম্ভব?"

"আমাদের হাতে সময় আছে পনেরো দিন। এবং আমি বের করবোই কি রহস্য সেই অন্দরমহলের মেয়েকে নিয়ে।"

দুপুর গড়িয়ে বিকেলের রোদ্দুর কাঁচা আলো পরিবেশকে পালটে দিচ্ছিল। খোলা চুলে জবাকে অদ্ভুত সুন্দর দেখাচ্ছে। রোদের তির্যক আলো জবার কাটা থুতনির উপর এসে পড়ছে। হঠাৎ নিতু বলে উঠলো, "এই আপা তুমি ওই মেয়েটার মতো এতো সুন্দর কেন?"

১৪

বাবলু ভাই কোথেকে একটা খাঁচায় করে ময়না পাখি ধরে নিয়ে এসেছে। ইশরাক সাহেবের বাসায় এই নিয়ে লঙ্কাকাণ্ড ঘটে গেছে প্রায়। রাবেয়া উৎসুক মুখে বাবলু ভাইয়ের পাশে দাঁড়িয়ে দাঁড়িয়ে ময়না পাখি দেখছিল। বাবলু ভাই চটে গিয়ে বললেন, "এই মাইয়া! কাজ রাইখা পাখি দেখতেছস কেন? কাজ করতে আইছস কাজ কর। খামাখা সময় নষ্ট করস কেন?"

রাবেয়া নিচু গলা বলল, "আমার বুবুর এমন একটা পক্ষী আছিল। ম্যালা দিন আগে বুবুর যখন বিয়া ঠিক হইলো মায় পক্ষীটারে উড়ায় দিছে। বুবুর সে কি কান্দন! এই পক্ষী দেইখা আমার বুবুর কথা মনে পইড়া গেছে। আমি কি এই পক্ষীটা একটু হাতে নিয়া দেখতে পারি?"

বাবলু ভাইয়ের চোখ যেন কপালে উঠে গেলো। বলে কি এই মেয়ে। পাখি নাকি হাতে নিয়ে দেখবে? বাবলু ভাই রাগ যতোটা সম্ভব নিয়ন্ত্রণ করে প্রায় ধমকে বলল, "এই মাইয়া! তোর মাথা ঠিক আছে? বালের কথা কস? না পালা পাখি কেউ কোনোদিন হাতে নিয়া দেখতে পারে?"

মাজেদা বানু সামনে ছিলেন। তিনি চেঁচিয়ে বললেন, "খবরদার বাবলু। আমার সামনে তুমি মুখ খারাপ করে কথা বলবে না। রাবেয়া এখানে নতুন এসেছে। তার সাথে তুমি সব সময় ভালো করে কথা বলতে পারো না?"

বাবলু ভাই এবার গলা খাঁকারি দিয়ে বললেন, "আম্মা এই মাইয়া জানে না যে ময়না পাখি হাতে নিলেই ফুড়ুত কইরা আকাশে উইড়া যায়। সে জানবেই বা কেমনে? জীবনে ভালো কিছু দেখছে?"

রাবেয়া আস্তে আস্তে বলল, "বাবলু ভাই আমি পক্ষী পোষ মানাইতে জানি। পক্ষীকুল মানুষের চেয়ে ভালো জাতের হয়। মানুষরে ধইরা রাখা যায় না। এরে যতই বাইন্ধা রাখেন না কেন সুযোগ পাইলেই উড়াল দিয়া

চইলা যাইবো। কিন্তু পক্ষীকুল একবার পোষ মানলে আর যাইবো না। আপনে বলছেন আমি আর পক্ষী হাতে নিয়া দেখমু না। পক্ষী পক্ষীর জায়গায়ই থাকুক!" রাবেয়ার কণ্ঠে কান্নাভাব মেশানো। মনে হচ্ছে বাবলু ভাইয়ের অকারণে ধমক খেয়ে সে ভয় পেয়েছে। বাবলু ভাই খাঁচাসহ ময়না পাখি নিয়ে চলে গেলো। মাজেদা বানু রাবেয়াকে ডেকে বললেন, "এই তুই আয় তো আমার মাথায় একটু তেল দিয়ে দে! মাথাটা কেমন ঝিম মেরে আছে। তুই নতুন, এখানে বেশকিছুদিন থাকলেই বুঝতে পারবি বাবলু ভাই কতো ভালো!"

রাবেয়া দৌড়ে রান্নাঘর থেকে তেল গরম করে আনল। ঝিম মারা মাথায় হাল্কা গরম তেল দিলে অনেকটা ভালো অনুভব করা যায়। রাবেয়ার এক হাত কাটা। সে আসছে ডান হাতে তেলের পেয়ালা নিয়ে। বিশাল উঠানে মাজেদা বানু শাড়ির আঁচল মেলে বসলেন। উঠানের গা ঘেঁষা সিঁড়িতে এককালে অনেক পাখি এসে বসতো। কিভাবে যেন পাখিরা নিজেদের ঠিকানা বদলে ফেলছে। মাজেদা বানু হঠাৎ রাবেয়াকে বলল, "তুই তখন বাবলুকে পাখি ধরার কথা কি যেন বললি?"

"কোন কথা আম্মা?"

"আরে মানুষ ধরে রাখা যায় না কি যেন?"

"ও সেই কথা! কথাটা হইলো, পক্ষীরে পোষ মানান যায়, তারে ইচ্ছা করলেই বাইন্ধা রাখা যায়। পক্ষী খাঁচা ভাইঙ্গা পালাইতে পারে না, কিন্তু আম্মা আমরা কোনদিন মানুষ বাইন্ধা রাখতে পারি না জানেন! মানুষ হইলো নিজের দাস! তার মনের বিরুদ্ধে কেউ যাইতে পারে না। তারে যতোই আপনে ভালোবাইসা খড়-কুটা দিয়া রাখেন না কেন সে সুযোগ হইলেই উড়াল দিবো। মানুষরে কখনো বিশ্বাস করতে নাই। বিশ্বাস করলেই সব খোয়া যায়!"

মাজেদা বানুর এই কথা শোনার পর খুব মায়া হল। কতটুকুই বা মেয়েটা? কি সুন্দর করে কথা বলে। মাজেদা বানু রাবেয়াকে তেল দেয়ার মাঝে বললেন, "তুই এসব কথা কার থেকে শিখেছিস রে?"

রাবেয়ার মুখ গম্ভীর হয়ে গেলো। সে তেল দেয়া বন্ধ করে বলল, "মার যখন অসুখ করলো আমরা দুই বইন কতো পায়ে ধরলাম বাপজানের! আমাগো রাইখাই উজানের দিকে রউনা দিলো। মার কান্নাকাটিতে গেরামের মোড়লের কাছে গেলাম খবর নিতে। গিয়া শুনি বাপজান ওই পাড়ে যাইয়া নতুন সংসার পাতছে! আমার মায় মইরা গেলো আমার বুবুর বিয়ার দশদিন পর। আমি আর একা থাকি কেমনে? তাই কাজ খুঁজতে গিয়া ভাগ্যজোরে আপনের বাড়িতে আইলাম!" এসব শুনতে শুনতে মাজেদা বানু লক্ষ্য করলেন রাবেয়ার শরীর কাঁপছে। সে রাবেয়াকে ছেড়ে দিলো, এই মুহূর্তে মেয়েটাকে একা থাকতে দেয়া উচিত বলে মনে করলেন মাজেদা বানু। মেয়েটা এখন ছাড়া পেয়ে রান্নাঘরে অতি গোপনে কান্না করবে।

রাতে বাবলু ভাই রাবেয়াকে ডেকে বললেন, "ওই মাইয়া! না খাইয়া এমন ফকিন্নি হইতাছোস কেন? তোর ঘরে এক গেলাস দুধ রাইখা আসছি। খাইয়া ঘুমায় যা!"

এই প্রথম রাবেয়ার মনে হল জগতের সকল মানুষের মন তার বাবার মতো খারাপ নয়। সে যে ধমকে কথা বলেছেন ঠিক এর থেকে অনুশোচনা করে রাবেয়ার জন্য নিজের খরচ থেকে দুধ কিনে এনেছেন। লজ্জায় রাবেয়া প্রায় দৌড়ে পালালো। বাবলু ভাই মনে মনে বললেন, "আহারে! বাপ-মা নাই। মাইয়াটা না জানি কবে শেষ ভালা খাওন খাইছে!"

১৫

অন্দরমহলের ছাদের রেলিঙে নিতুকে বসে থাকতে দেখে বুক ধকধক করে উঠলো জবার। নিতু বসে আছে উলটো হয়ে। একটু উল্টাপাল্টা হলেই দিক হারিয়ে নিচে পড়ে যাবে। জবা উপরে না উঠেই নিচে দাঁড়িয়ে চেঁচিয়ে বলল, "এই নিতু! তুই এই দুপুরে একা একা ছাদে কি করছিস? নেমে আয় দ্রুত। পড়ে যাবি তো!"

নিতু যেভাবে বসে ছিল সেভাবেই বসে বলল, "কি সুন্দর আকাশ আপা। আমার আকাশ দেখতে যে কি আনন্দ লাগছে না! ইচ্ছে করছে আনন্দে ছাদ থেকে লাফিয়ে পড়ি!"

নিতুর কথা শুনে জবার হঠাৎ ভয় ভয় করতে লাগলো। সত্যিই যদি মেয়েটা এখন লাফিয়ে পড়ে? জবা এবার ধমকের সুরে বলল, "ইয়ার্কি হচ্ছে? নেমে আয় বলছি। এইভাবে কেউ রেলিঙে বসে থাকে?"

নিতু রেলিং থেকে নেমে গেলো। এবার উপুর হয়ে বলল, "আপা তুমি এতো ভয় পাচ্ছো কেন? আমি কি সত্যিই লাফিয়ে পড়বো ভেবেছো?" নিচে নেমে এলো নিতু। দুপুরের কড়া রোদে মেয়েটার গালে লাল আভা সৃষ্টি হয়েছে। নিচে নামতে নামতে জবার মনে হল অন্দরমহলের যে পাশটায় তারা থাকতো তার বারান্দার বিপরীত পাশেই ছাদের সিঁড়ি। অর্থাৎ ছাদে উঠলে অন্দরমহলের তালা খুলে যেতে হবে। নিতু চাবি পেলো কোথায়?

"আপা তুমি এতো সহজে ভয় পাও কেন?"

"তোকে কে বলেছে আমি ভয় পাচ্ছিলাম? তুই ছাদে উঠলি কীভাবে?"

"শাহেদ ভাই দুপুরে মন খারাপ করে ছাদে বসে ছিল, তাকে দেখে আমারও ছাদে যেতে মন চাইলো। কিন্তু আপা অবাক কাণ্ড কি জানো?

উপরে গিয়েই দেখলাম শাহেদ ভাই নেই! ভাবলাম নিচে নেমে কি করবো বসে বসে আকাশ দেখি।"

জবা রাগ করার ভঙ্গিতে বলল, "ঠিক এই কারণে এই লোকটাকে আমার ভালো লাগে না। কোনোরকম চিন্তা নেই কিচ্ছু নেই। ধ্যাত!"

নিতু জবার কথা হয়ত ঠিকমতো শুনেনি, সে প্রসঙ্গ টপকে বলল, "আপা আমার মনে হয় ওই মেয়েটাকে নিয়ে একবার চাচার কাছে জানতে চাওয়া উচিত আমাদের। সে একা একা কেন অন্দরমহলে থাকে?"

জবা ভয়ে ভয়ে জিজ্ঞেস করলো, "নিতু তুই কি এখন ছাদে সেই মেয়েটাকে দেখেছিস?"

নিতুর দেয়া জবাবে জবা স্তব্ধ হয়ে গেলো প্রায়! "আমি তো ছাদে তার সাথে বসেই গল্প করছিলাম। সে তার পরিচয় দিচ্ছিল না খুব রাগ হচ্ছিলো জানো আপা! কেউ কি কারো পরিচয় এভাবে লুকিয়ে রাখে?"

জবা নিতুকে বলল, "আমি জানি না সে কে কিন্তু আমার মনে হয় এ বাড়ির সাথে তার বিরাট কোন যোগাযোগ আছে। এ ব্যাপারে কেউ আমাদের কিছুই বলবে না। তবে আমার একটা ধারণা তাহলে এতদিন ভুল ছিল!" জবাকে একদম বিমর্ষ দেখাচ্ছিল। তার সতেজ মুখটা হুট করেই কালো অন্ধকারে ছেয়ে গেলো। মনে হচ্ছিল খুব ভয়ানক একটা কাণ্ড ঘটে গেছে। নিতু তার এমন মনমরা মুখ দেখে জিজ্ঞেস না করে আর পারলো না। "কি ভুল ধারণা আপা?"

জবা একটা দীর্ঘশ্বাস নিয়ে বলল, "আমার সেদিনই উচিত ছিল ব্যাপারটা মাথায় নেয়া। কেন যে নিলাম না!"

"কি হয়েছে আপা? ইজ এনিথিং রং?"

জবা পাশের একটা বৃদ্ধ গাছের বিছানো ডালে বসে বলল, "আমি ভেবেছিলাম আমার হ্যালুসিনেশন হচ্ছে। আমি তাকে একাই দেখতে পাচ্ছি। কিন্তু যেদিন তুই বাসা থেকে নিখোঁজ হলি ঠিক তার কয়েকদিন

আগেই মেয়েটির সাথে আমার কথা হয়েছে। এবং আশ্চর্য হলেও সত্যি যে, মেয়েটি আমাকে একজন মৃত মেয়ে হিসেবে পরিচয় দিয়েছে। মেয়েটির নাম স্মিতা। তুই কি কথা বলার সময় নামটা পর্যন্ত জিজ্ঞেস করিসনি?"

নিতু আমতা আমতা করে উত্তর দিলো, "আমি আসলে শাহেদ ভাইকে খুঁজছিলাম। তাকে ছাদে না পেয়ে নিচে নেমে আসবো তখনই দেখলাম মেয়েটা ছাদের সিঁড়ি ভেঙে উপরে আসছে। আপা একটা কথা বলবো?"

জবা সংক্ষিপ্ত করে বলল, "হুঁ!"

"আপা তুমি কিন্তু ওই মেয়েটার মতোই সুন্দর! শুধু সুন্দর না, অদ্ভুত রকমের সুন্দর।"

নিতুর কথায় জবা হাসছে। কি যে সুন্দর লাগছে তাকে। দুপুরের কড়া রোদে জবার মুখের সোনালি আভার দিকে তাকিয়ে নিতু অতি সন্তর্পণে বলল, "আপা তোমার কি কিছু নিয়ে ভয় হচ্ছিল? আমার কেন জানি মনে হচ্ছে তুমি আমাকে নিয়ে ভয় পেয়েছ! ভয়ের কিছুই নেই! আমি জানি এই মেয়েটা চাচার কেউ হবে, কিন্তু মেয়েটাকে কেন আমাদের কাছে এভাবে লুকাচ্ছে? এর রহস্য থেকে বের হওয়া দরকার। কিন্তু কীভাবে আপা?"

জবার মাথায় হুট করে কোন জবাব এলো না। সে কি-ই বা বলবে? ঠিক এ সময় শেফা এসে বলল, "জবা আপা, আপনাদের বাবা ডাকছেন। অন্দরমহলে আজ রাত থেকে আপনারা থাকতে পারবেন। তবে আজ থেকে আমিও থাকবো। নিতু, এবার নিশ্চয়ই তোমার আর গল্প করার মানুষের অভাব বোধ করতে হবে না!"

১৬

শাহেদকে দেখেই হেসে ফেললো জবা। জানালার ফাঁক দিয়ে তখন কেবল মাত্র বিকেলের রোদ্দুরের নৃত্য ঘুঙুর পায়ে হাঁটছিল, দুপুর এখনো গড়ায়নি।

শাহেদের ঘরের পাশ দিয়ে যাওয়ার সময় জবা দেখতে পেলো শাহেদ আপন মনে জানালার দিকে তাকিয়ে কথা বলছে। এই বাড়ির লোকগুলোকে জবার খুব অদ্ভুত লাগে। কেন লাগে সে জানে না। এরকম হবে জানলে জবা কখনো তার চাচার বাসায় আসতো না। নিতুর জোরাজুরিতে এই প্রথম দুজনে একা একাই ঢাকা থেকে চলে আসে। কিন্তু কোনরকম তাল মেলাতে পারছিল না।

জবাকে হাসতে দেখে শাহেদ বোকার মতো প্রশ্ন করলো, "হাসছেন যে?"

"আপনি কি সারাক্ষণ এই ঝুপড়িতেই বসে থাকেন?"

"ঝুপড়ি মানে?"

"এই যে এই অন্ধকার একটা ঘরে এভাবে কেউ সারাক্ষণ বসে থাকে? আমি হলে তো দম বন্ধ হয়েই মরে যেতাম!"

"আমি জবা না বলেই আমার দম বন্ধ হয় না! হা হা!"

বিছানার পাশে একটা কবিতার বই পড়ে আছে। দূর থেকে কবির নাম আন্দাজ করা যাচ্ছে না তবে খুব সম্ভবত জীবনানন্দের। জবা বিছানার পাশে এসে বইটা হাতে নিয়ে দেখলো তার আন্দাজ ঠিক। শাহেদ জানালার পাশ থেকে সরে জবার পাশে রাখা টুলে বসলো। শাহেদকে দেখাচ্ছে ভিন্ন জগতের এক তরুণের মতো। এই জগতের হলে নিশ্চয়ই ছেলেটা একটা একা নারীকে চুমু খেতে পারতো। চুমুর শব্দে উড়ে যেতো কয়েকটা ডাহুক। জবা ডাহুকের ডানায় ভর করে

শাহেদকে নিয়ে স্বপ্ন দেখতো। অন্য জগতের বলেই শাহেদ নামক ছেলেটা চুপচাপ বসে আছে জবার পাশে। একসময় অনেক ছেলেরা জবাকে নিয়ে স্বপ্ন দেখত, এখনো দেখে। কিন্তু জবা নিজের মতো করে কাউকেই পায়নি। ঢাকার সব মানুষের ভেতরেই একটা পশু পশু ভাব দেখেছে। শাহেদের মধ্যে কেমন একটা নিবিড় নিবিড় গন্ধ পায় জবা। যদিও সে ঠিক করে রেখেছে এ কথা সে কাউকেই বলবে না। বাবা বেঁচে থাকলে হয়ত বাবাকে বলা যেত। আর মাকে? সেটা তো প্রশ্নই উঠে না। বাবার মৃত্যুর পর মায়ের দ্বিতীয় বিয়ে জবা আর নিতু দুজনেই মেনে নিতে পারেনি। যদিও মায়ের সাথে ওদের যোগাযোগ বন্ধ হয়নি, তাও জবা কখনো চায়নি তার মনের একান্ত গোপন কথা কেউ জানুক। তার মায়ের প্রতি জবার খুব রাগ হয় আবার মায়াও লাগে। কি ভীষণ একাকিত্ব ভর করেছিল তাকে। বাবা বেঁচে থাকতেও মাকে থাকতে হয়েছে একাই। ঝড়ের রাতে যখন মায়ের ভয়ে বাবার পাশে শুয়ে কুঁকড়ে থাকার কথা ছিল তখন মা বাবার অপেক্ষায় রাতে নীরবে অশ্রু বিসর্জন করতো। বাবারও উপায় ছিল না। বাবার বাসায় আসার সময় খুব কম ছিল। তাও একজন নারী সব সময়ই আশা করে তার পুরুষ তাকে সময় দিক। বসন্ত এলে একান্ত গোপনে চুমু খাক। জবার মায়ের সাথে সেটা ঘটেনি। হয়ত একান্ত দরকারেই জবা আর নিতুর জন্ম হয়েছিল! খুব ভাবে জবা, ভেবে পাশে তাকিয়ে দেখে শাহেদ তার দিকে মুগ্ধ হয়ে তাকিয়ে আছে। কিছু মানুষের চোখ দেখলে ইচ্ছে করে মরে যেতে। এই ধরেন, সে বলল "এই তুমি আমার চোখ দেখতে চাও? চাইলে এক্ষুনি ছাদ থেকে লাফ দাও!" চোখ বন্ধ করে লাফিয়ে পড়তে ইচ্ছে করবে।

হঠাৎ শাহেদ বলল, "আপনারা ঢাকা ফিরে যাবেন কবে?"

জবা চোখের দিকে তাকাতে পারলো না। "জানি না। ঠিক করেছি আর দশ দিন পরেই চলে যাবো। আমরা সাধারণত এতদিন ঢাকার বাইরে থাকি না।"

"এবার নাহয় আরো কিছুদিন থেকে যান!" বলতে গিয়েও বলতে পারলো না শাহেদ। জন্মের পর থেকে কারো প্রতি দুর্বল হয়নি সে,

এবারো হতে চায় না। বলল, "আমাদের বাসা আপনাদের কেমন লাগলো? বাবা খুব ব্যস্ত থাকেন জানেন? সে আপনাদের সাথে খুব বেশি সময় দিতে পারেন না কিন্তু আমার ধারণা আপনাদের তিনি প্রচণ্ড ভালোবাসেন।"

জবা জিজ্ঞেস করলো, "কীভাবে ধারণা করতে পারলেন?"

শাহেদ উত্তর না দিয়ে বলল, "আচ্ছা আপনাদের কি অন্দরমহলে থাকতে খুব অসুবিধা হচ্ছিল? আজ থেকে রাতে শেফা থাকবে। আসলে হয়েছে কি আমাদের কারো অন্দরমহলে থাকার অভ্যাস বা নিয়ম কোনটাই নেই। বাবা শখ করে নতুন মেহমান এলে অন্দরমহল খুলে দেন। আমাদের তো এতো ঘরের প্রয়োজন নেই, তাই আমরা ওটা ব্যবহার করি না।"

জবার মনে হল এটাই সুযোগ! অন্তত তাকে এই ব্যাপারে কিছু না কিছু বিনা দ্বিধায় জিজ্ঞেস করা যাবে। সে বুলি আওড়ানোর মতো বলল, "আমাকে একটা সাহায্য করতে পারবেন মি. শাহেদ?"

"অবশ্যই অবশ্যই! কি সাহায্য?"

জবা যন্ত্রের মতো জবাব দিলো, "আমাদের ঘরের দক্ষিণ পাশের ঘরটায় যে মেয়ে থাকে বা আমি মনে করি কোন এককালে থাকতো, সে নিজেকে মৃত দাবি করে কেন? এবং স্মিতার কথা আপনারা আমাদের বলেননি কেন?"

জবার প্রশ্নে শাহেদের চোখ বিস্ফোরিত হয়ে উঠলো প্রায়! তার চোখ-মুখ দেখে বুঝা যাচ্ছে জবার আকস্মিক প্রশ্নে সে প্রস্তুত ছিল না। প্রসঙ্গ পালটাতে বলল, "আপনি চা খান? বিকেল হয়ে এসেছে। শেফাকে চায়ের কথা বলে আসি।"

হুট করেই জবা কিছু মনে না করে শাহেদের একেবারে সামনে এসে দাঁড়ালো। এরকম ঘনিষ্ঠ হয়ে দাঁড়ানোতে শাহেদ লজ্জা পাচ্ছে নাকি? তার চোখ কেমন নিচু হয়ে গেলো না? জবা নিজেই লজ্জা পেয়ে সরে

এসে দাঁড়ালো। দাঁড়িয়ে বলল, "আমি এখন চা খাবো না। আপনি কি দয়া করে স্মিতার ব্যাপারটা আমাকে খুলে বলবেন? আমি এবং নিতু রোজ তাকে দেখছি। তাকে নিয়ে এ বাড়ির কেউ কথা বলছে না। মানলাম সে মৃত কিন্তু আমাদের কাছে কি বলতে চায়?" শাহেদের কাছে মনে হল জবা একজন মৃত মানুষকে খুব সহজেই নিতে পারছে। পারছে, শহুরে মেয়ে বলেই! শাহেদ মুখ তুলে তাকাল। কি যে সুন্দর লাগছে! জবা অন্যদিকে তাকাল। বেশি সুন্দর কিছু জিনিসের দিকে বেশিক্ষণ তাকিয়ে থাকতে নেই, তাতে অমঙ্গল হয়। কে যেন বলেছিল?

শাহেদ একটা দীর্ঘশ্বাস ছাড়লো। তাকে খুব বিমর্ষ দেখাচ্ছিল। জবার মনে হল শাহেদও এই প্রসঙ্গ নিয়ে কথা বলবে না। কিন্তু একটা জিনিস জানতে চাইলে তাকে হতে হয় নাছোড়বান্দা। জবা শাহেদকে বলল, "দেখুন আমি ব্যাপারটা না জেনে এ বাসা থেকে যাচ্ছি না। আমি দশ দিন পর নিতুকে ঢাকা পাঠিয়ে দিবো।"

শাহেদ অবাক হয়ে বলল, "সে একা একা ঢাকা যেতে পারবে?"

"আপনি নিশ্চয়ই চান না সে একাই ঢাকা ফিরে যাক। তাই দয়া করে বলে দিন স্মিতা মেয়েটি কি চায় আমার বা আমাদের কাছে।" জবার কন্ঠে একটা অনুরোধের আভাস পাওয়া গেলো। শাহেদের ভীষণ মায়া হল জবার প্রতি। কিন্তু সে বলল, "আমি দুঃখিত। স্মিতার ব্যাপারটি আমাদের কারো বলার পারমিশন নেই। বাবা নিশ্চয়ই আপনাকে বলেছে নিজেই খুঁজে বের করতে?"

জবা শুধু হুঁ বলে ঘর থেকে বের হয়ে চলে গেলো। শাহেদের প্রতি জবার যতোটুকু রাগ চলে গিয়েছিলো সে রাগ নতুন করে জন্মালো সে রাতে। জবা হয়ত সারা জীবন শুধু এটা ভেবেই পার করে দিতে পারবে যে, কেন সেই রাতটা এক সেকেন্ডে পার করা গেলো না।

১৭

আজ কেমন ভয়ানক জোছনার বৃষ্টি পৃথিবীতে বিরাজ করছে। আয়নার মতো চকচকে জোছনা বলে বুঝি একেই। উঠানের সমস্ত সিঁড়ি, ছাদের রেলিং সব যেন ভেঙে যাচ্ছে জোছনার আলোতে। এতো অসহ্য রকমের সুন্দর জোছনায়ও এতো ভৌতিক কিছু ঘটে কখনো?

জবার ঘুম ভাঙলো রাত দুইটায়। ঘুম ভেঙে পানির জন্য বুক হাঁসফাঁস করতে লাগলো। বিছানার পাশে থাকা টি-টেবিলে পানি না পেয়ে বিছানা ছেড়ে উঠতে বাধ্য হলো। বারান্দা পেরিয়েই অন্দরমহলের রান্নাঘর। ব্যবহৃত না হলেও জবারা এখানে আসার কারণে পানি, টুকটাক জিনিস রাখার ব্যবস্থা করে দিয়েছেন মাজেদা বানু নিজেই। যদি কিছু দরকার পড়ে যায়? মাজেদা বানুর সাংসারিক কাজে বেশ দক্ষতা অধিকার করে নিয়েছেন। ত্রিশ বছর ধরে সংসার করে অনেককিছুই আয়ত্তে নিয়েছেন। কার কখন কি প্রয়োজন পড়বে সেটা আগে থেকেই আন্দাজ করে নিতে পারেন। দক্ষ গৃহিণীই বলা যায়!

জবার হালকা শীত শীত করতে লাগলো। এই সময় কিসের শীত? গায়ে একটা পাতলা চাদর দিয়ে বারান্দায় পা রাখতেই চোখে আয়নার মতো চকচকে জোছনার আলো উপচে পড়লো। পরিত্যক্ত একটা নারিকেল গাছের ডালের ফাঁকে স্পষ্ট দেখতে পাচ্ছিল ভরা যৌবনের চাঁদটাকে। সমস্ত রাস্তাঘাট ভিজিয়ে রেখেছে মায়াবী চাঁদের রুপালি আলো। রান্নাঘর থেকে ভেসে আসছিল কুটকুট শব্দ। কিসের শব্দ এটা? ইঁদুর নাকি? গ্লাসে পানি নিতে নিতে দেখলো সেই সাদা পেঁচাটা বারান্দার কোল ঘেঁষে বসে আছে। আজ আরো স্পষ্ট দেখতে পাচ্ছিল জবা। জোছনার আলোয় জগতের সবকিছুই কি এমন স্পষ্ট হয়ে যায়? হঠাৎ করে ঘুম ভেঙে যাওয়ায় আর ঘুম আসছিল না। ঘরে গিয়ে বিছানায় শুয়ে পড়লেও এখন আর ঘুম আসবে না। এই এক অদ্ভুত যন্ত্রণা। একবার ঘুম ভাঙলে আর সহজে ঘুম আসে না। বারান্দার জোছনার আলো

অতোটাও মন্দ লাগছে না। এখানে কিছুক্ষণ পায়চারি করলে হয়ত কিছুক্ষণের মধ্যেই ঘুম চলে আসবে, এমনটাই ভাবছিল জবা। সাইকোলজির বেশকিছু ব্যাপার আছে যা মানুষ মানতে না চাইলেও আমাদের মেনে নিতে হয়। যেমন কেউ যদি ধরে নেয় সে ব্যক্তিগত হিসেবে একজন রাগী মানুষ তাহলে সে সব সময়ই বিশ্বাস করবে যে সে একজন রাগী। আবার যদি মনে করে তার ঘুম ভেঙে গেলে পায়চারি করলেই ঘুম চলে আসবে এইটাও একটা সাইকোলজির ব্যাপার। আসলে ঘুমের সাথে পায়চারির কোন যোগাযোগ নেই। আমরা নিজেরা এই বিষয়টি মনে মনে বিশ্বাস করে ফেলি যার কারণে সেই কাজটি না করলে আমাদের মন বিক্ষিপ্ত হয়ে থাকে। কাজেই আমরা আমাদের বিশ্বাসের জায়গা থেকে কাজটি করে থাকি।

জবা হাঁটছে নরম পায়ে। বিড়াল হাঁটলে যেমন শব্দ হয় না তেমন। সেদিনের সাদা পেঁচাটা বারান্দায় বসে থাকতে দেখল। হাত-পা গুটিয়ে বসে আছে। কাছে যেতেই জবা প্রচণ্ড রকমের ধাক্কা খেলো। বারান্দার তিন হাত সমান উঁচু রেলিংটায় বসা পেঁচাটা হঠাৎ জবার দিকে মুখ ঘুরিয়ে ঠোঁট নাড়িয়ে বলল, "হ্যালো মিস জবা! হোয়াট আর ইউ ডুইং হেয়ার? ইউ শুড স্লিপ নাউ!"

জবার বিশ্বাস হচ্ছিলো না। সে মনে করতে পারছিল না পেঁচা কথা বলতে পারে কি না। কথা বলা পাখি সম্প্রদায়ের মধ্যে পেঁচা কখনই পড়ে না। তার ভয়ে, আতঙ্কে এবং অবিশ্বাসে গলা শুকিয়ে কাঠ হয়ে আসলো। হচ্ছে কি এসব? সে মনে মনে বলল, যা হওয়ার হবে। এইটা তার একেবারেই মনের ভুল। এক্ষেত্রে ভয় পেলে হবে না। জবাকে এ সময় মাথা ঠাণ্ডা রাখতে হবে। সে জবাব দিলো, "কিছু না। আমার ঘুম ভেঙে গেছে। তুমি তো খুব ভালো ইংরেজি বলতে পারো!"

বিজ্ঞ লোকের মতো মাথা ঝাঁকালো পেঁচা, তারপর আবার বলল, "ধন্যবাদ! কিন্তু দয়া করে আমাকে তুমি করে বলবে না। আমি বয়সে তোমার চেয়ে বড় হবো।"

জবা প্রায় হেসেই দিয়েছিল, একটা পেঁচা তার সামনে দিব্যি কথা বলছে। মাথা ঝাঁকাচ্ছে আর সেটা সে কাছ থেকে দেখেও স্বাভাবিকভাবে নিয়ে হাসার কথা ভাবছে? জবার মনে হলো সে দিনদিন পাগল হয়ে যাচ্ছে। পাগল না হলে কেউ এভাবে একটা পেঁচার সাথে রাত দুইটায় কথা বলতো না দাঁড়িয়ে দাঁড়িয়ে। সে স্বাভাবিক ভঙ্গিতে বলল, "সরি মিস্টার পেঁচা! আমার ঘুম আসছে না তাই এখানে দাঁড়িয়ে। কিন্তু আপনি এখানে কি করছেন? রাতে তো আপনাদের ঘোরাঘুরি করার কথা, তাই না?"

প্রশ্ন শুনে পেঁচা গম্ভীর হয়ে গেলো। মুখ নিচু করে আছে। একটু পর জোরে ডানা ঝাপটে বলল, "আজকে তো জোছনা। এতো আলো সহ্য করতে পারছিলাম না বলে এখানে বসে আছি। আচ্ছা মিস জবা, তোমরা মানুষরা এমন প্রকৃতি থেকে দূরে দূরে থাকো কেন সব সময়?"

জবা প্রশ্ন বুঝতে না পেরে বলল, "জি কেন?"

জবার মনে হলো পেঁচাটি জবার প্রশ্নে মজা পেয়েছে। সে হাসি হাসি মুখ করে (পেঁচা হাসতে পারে কি না জবার জানা নেই। খুব সম্ভত মুখের আকৃতি পরিবর্তন হয়েছে বলে একে হাসি হিসেবেই ধরে নিয়েছে সে) জবাকে বলল, "এই যে এতো সুন্দর জোছনা হচ্ছে পৃথিবীর সকলের উচিত এই সময় না ঘুমিয়ে জোছনা উপভোগ করা। তা না করে বোকাগুলো কি শান্তিতে ঘুমুচ্ছে। আচ্ছা তোমাকে একটা কথা জিজ্ঞেস করবো?"

"হুঁ!"

"তোমার কি সত্যিই ঘুম আসছে না?"

"হুঁ!"

"তুমি কি মনে করো না এই আশ্চর্য সুন্দর রাতে সবার ঘুম বাদ দিয়ে ছাদে উঠে জোছনার আলোয় গা ভেজানো?"

"হুঁ!"

"হুঁ হুঁ করবে না! অকারণে হুঁ হুঁ করা আমার পছন্দ না!"

জবা শুধু বলল, "আচ্ছা!"

"আমাদের সকলের উচিত আজকে তার প্রিয় মানুষের সাথে জোছনা উপভোগ করা। হাত না ধরুক, অন্তত কাছাকাছি থেকে শাড়ির আঁচল ছুঁয়ে দিক। অন্তত প্রিয় মানুষটার ঠোঁট না ছুঁয়ে কপাল ছুঁয়ে বলুক ভালোবাসি।"

"হুঁ!"

"মিস জবা, তোমার কি কোন কারণে মন খারাপ হয়ে আছে?"

"না।"

"তোমার কি বয়ফ্রেন্ড আছে?"

জবা প্রশ্ন শুনেই জোরে বলল, "কি।"

"তোমার কি বয়ফ্রেন্ড আছে? প্রেমিক বলে যাকে বাংলা ভাষায়।"

জবা খেয়াল করে দেখলো তার উনিশ বছরের জীবনে এখনো কোন প্রেমিক হয়নি। পেঁচার কথা শুনে, হোক সে কল্পনা; তার মনে হুট করেই শাহেদের কথা মনে পড়লো। সেই হালকা রাগী রাগী ছেলেটা, যে তাকে সেদিন বৃষ্টিতে হাত দিয়ে কিভাবে জল নিয়ে খেলতে হয় শিখিয়েছে, যে ছেলেটা রাগী হলেও চুপচাপ বসে থাকে তার বড্ড অভাব বোধ করতে লাগলো সে। আচ্ছা ছেলেটা কি এখন অঘোরে ঘুমুচ্ছে? নাকি "যেতে যেতে পথে পূর্ণিমা রাতে চাঁদ উঠেছিল গগনে" গান শুনছে? জবার কিছু ভালো লাগছে না, কিচ্ছু না। এই ছেলেটা কেন এই সুন্দর পূর্ণিমা রাতে চাঁদ দেখার জন্য ঘুম বিসর্জন দেয় না? তার খুব ইচ্ছে করলো শাহেদের সাথে ছাদে উঠে জোছনা দেখার! এই অদ্ভুত সুন্দর জোছনা আবার কবে হবে? সেদিন কি জবা জেগে থাকবে?

পেঁচাটি গা ঝাড়া দিয়ে বলল, "ঘুম পাচ্ছে মিস জবা?"

"না। ভালো লাগছে না। আমি এখন যেতে পারি? আচ্ছা আপনি আমার নাম জানলেন কি করে?"

"তোমার কি ধারণা আমি কোন সাধারণ পেঁচা? সাধারণ পেঁচা কখনই কথা বলতে পারে না। এ বাড়ির বারান্দাটা আমার ভীষণ পছন্দের। মিস জবা তুমি তো বললে না তোমার প্রেমিক আছে কি না!"

জবা নারকেল গাছের ফাঁকে চাঁদের দিকে তাকাল। শীঘ্রই চাঁদের জায়গা পরিবর্তন হচ্ছে। সে বারান্দার রেলিঙে পিঠ এলিয়ে বলল, "মিস্টার পেঁচা আমার কোন প্রেমিক নেই। হওয়ারও কোন সুযোগ হয়ত নেই। আমি যাকে ভালোবেসে ফেলেছি তার কাছে আমার মূল্য কেমন আমার জানা নেই। আমি জানতে চাইও না। আমি তার জ্বরে পাশে বসে কপালে হাতও রাখতে পারবো না হয়ত। আমার যতো বিষাদ আছে তার সবটুকু দিয়ে আমি তাকে গোপনে ভালোবেসে যাবো। আমি তাকে অধিকার করতে পারি আর না পারি আজকের রাতটা সাক্ষী থাকুক আমি তাকে ভালোবেসেছি!" জবার চোখে জল উপচে পড়ছে। তার মনে হলো এখনই সে কেঁদে দিবে। কিন্তু পেঁচাটি হয়ত চাচ্ছে না এই উনিশ বছরের স্নিগ্ধ তরুণীটি এভাবে নিজের আবেগ তার সামনে তুলে ধরুক। সে বড় করে ডানা ঝাপটে বলল, "আই গুড গো নাও! জবা তুমি ঘুমুতে যেতে পারো। আজ আমাদের আলাপ এখানেই শেষ হলো। গুড নাইট!"

জবা কাঁদতে কাঁদতে দেখলো একটা সুন্দর চাঁদের আলোয় পেঁচাটি ডানা মেলে উড়ে চলে গেলো!

১৮

আমাদের ভেতরের বেশ কিছু আহাজারি কেউ শুনে না, কেউ শোনার মতো থাকেও না। কিছু ব্যক্তিগত আহাজারি আমরা রেখে দেই আমাদের নিজেদের আবেগের জন্য। জবার মনে হচ্ছিল সে কোন ভুল করেনি। হোক বড় চাচার ছেলে, ভালোবাসা মানে না কোন ধর্ম, মানে না কোন সমাজ, বয়স কিংবা রাষ্ট্রের দেয়া মৃত্যুদণ্ড! খুব করে চাইলেও যাকে পাওয়া যায় না আমরা ভালোবাসি তাকেই। যার জন্য হৃদয় আকুলতায় ভরে থাকে তাকে ঈশ্বর দূরে সরিয়ে রাখেন। হাতের নাগালে পাই না, মন চাইলেও হাত ছুঁয়ে দেখা যায় না। চাইলেও বলতে পারি না ভালোবাসি। কিংবা যাকে আমরা ভালোবাসি সে হয়ত বিষয়টি বুঝেও বুঝে না। সে ভান করে পৃথিবীতে ভালোবাসা বলে কিছুই নেই। আসলেই কি কিছুই নেই? নাকি দিনশেষে আমরা ভুলে যাই ব্যক্তিগত আবেগের কোন মূল্য নেই! আমরা হৃদয় অপচয় করি সব সময় অযোগ্যদের জন্য! আমাদের ঘুণে ধরা হৃদয়ে বাস করে কেবল ঘুণে ধরা মানুষরা। এদের আমরা মগজ থেকে যেমন বের করে দিতে পারি না, তেমনি মগজে বেশিদিন রেখে দিতেও পারি না। রেখে দিলেই হয়ত বাড়তি বিষাদ ভর করবে মনে। কি দরকার এসব বাড়তি ঝামেলার?

জবার পাশে বসে লাগেজ গুছাচ্ছিল নিতু। দশদিন পরেই চলে যাওয়ার প্রস্তুতি নেয়া হচ্ছে।.নিতুর ভুলে যাওয়ার বাতিক আছে, জবার কথায় আগে থেকেই সব গুছিয়ে নিচ্ছে সে। জবার হাতে চায়ের কাপ। পিরিচে ঢেলে ঢেলে গরম চা খাচ্ছে। সকাল সকাল পিরিচে ঢেলে চা খাওয়ার অভ্যাস রীতিমতো তৈরি করে ফেলেছে। অদ্ভুত একটা অনুভূতি। নিতুর বইটই বাইরে রাখা হঠাৎ জবা খেয়াল করলো বইয়ের ভেতর থেকে একটা কাগজ বের হয়ে আছে। মানুষ স্বভাবতই কৌতূহলপ্রিয় হয়ে থাকে। পর্দা সরিয়ে দিলো যেন আলো এসে স্বচ্ছভাবে দেখা যায়। বইয়ের ভাঁজ থেকে বের করেই দেখলো উপরে বড় করে জবার নাম লেখা। বুঝতে কষ্ট হলো না যে এটা জবাকে উদ্দেশ্য করে

লেখা। কাগজটা মূলত একটা চিঠি। কিন্তু তাকে কে চিঠি লিখবে? আর লিখলেও সেটা নিতুর বইয়ের ভাঁজে কি করে এলো? বুদ্ধি খেলছিল না জবার মাথায়। নিতুর দিকে তাকিয়ে বলল, "এইটা কার চিঠি নিতু?"

"কার আবার? নাম তো তোমারই লেখা, সুতরাং তোমারই হবে।"

"কিন্তু সেটা তোর কাছে কেন? কে দিয়েছে?"

নিতু চুলে চিরুনি দিয়ে চুল ছাড় ছিল। টেবিলে চিরুনি রাখতে রাখতে বলল, "কে আবার! স্মিতা আপা দিয়েছে। বলল তুমি নাকি সেদিন জ্বর হওয়ার পর থেকে আর দেখা করো নাই।"

জবা হতভম্ব হয়ে নিতুর দিকে তাকিয়ে রইলো। সেই মেয়ের নামটা পর্যন্ত জানে নিতু, অথচ হয়ত এখনো জানে না সেই মেয়েটি মৃত! আর জবা চায়ও না তেরো বছরের মেয়েটি জানুক তার সাথে কথা বলা স্মিতা নামের মেয়েটি আদতে একজন মৃত মেয়ে। বইয়ের ভাঁজ থেকে খাম নিয়ে আলমারিতে রেখে দিলো সে। স্মিতার দেয়া চিঠি সে পড়বে কাল রাতে, কাল এ মাসের শেষ জোছনা। ঠিক জোছনা রাতেই প্রথম দেখা হয়েছিল স্মিতার সাথে, সেই দক্ষিণ ঘরের রহস্যঘেরা মেয়েটি। চায়ের কাপ নিতে এলো শেফা নিজেই। তাকে আজ ভীষণ বিমর্ষ লাগছে। সকালে জবা কি একটা প্রশ্ন করে আর সেটার জবাব পায়নি। এ বাড়ির কারোর সাথে কারোর কোন মিল পায় না জবা। চায়ের কাপ নিতে গিয়ে শেফা জবার দিকে তাকিয়ে বলল, "আপনারা চলে যাচ্ছেন নাকি? ব্যাগ গুছাচ্ছেন যে!"

জবা হাসিমুখে শেফার হাতে চায়ের কাপ দিয়ে বলল, "আমাদের তো আর এখানে থেকে যাওয়ার কোন উদ্দেশ্য ছিল না। আমরা আর দশদিনের মতো আছি এখানে। নিতুর আগেভাগে ব্যাগ গুছানোর অভ্যাস। আগে থেকে গুছিয়ে রাখলে অনেক কিছুই মনে করে নেয়া যায়। তুমি কি কিছু বলবে? তোমাকে দেখে মনে হচ্ছে তুমি কিছু বলতে এসেছো।"

বাইরের রোদের আলোয় চকচক করছে দুয়ার। শেফা ঘর থেকে বের হতে হতে বলল, "জবা আপা, আপনি জানতে চেয়েছিলেন না আমাদের এই অন্দরমহলের দক্ষিণ পাশের ঘরে কে থাকে? আপনারা এখানে থাকার শেষ জোছনা কাল। আশা করি খুব বেশি কষ্ট করতে হবে না রহস্য জানতে।"

জবা আর কিছু বলল না। শেফা ঘর থেকে বের হওয়ার পর ঠিক সেদিনের মতো অদ্ভুত সুন্দর চিন্তা মাথায় এলো। এবং এর পরের ঘটনাগুলো ঘটতে লাগলো খুব দ্রুত। শেফা চলে যাওয়ার পর জবা দ্রুত দক্ষিণ পাশের ঘরের জানালার দিকে উঁকি দিলো। দিনে কি মৃত মানুষেরা ঘুমায় আর সারা রাত জেগে থাকে? মনে হয় না। মৃত মানুষেরা সব সময়ই ঘুমিয়ে থাকে। জগতের কোন শক্তি এদের জাগিয়ে রাখতে পারে না। এই ঘুমন্ত রহস্যঘেরা মানুষগুলোর মধ্যে স্মিতা নামের এই মেয়ের রহস্য বের করার জন্য জবা যেন বদ্ধপরিকর। জানালা বন্ধ। দূর থেকে নারিকেল গাছটা দেখা যাচ্ছে আর তখনই সাদা পেঁচার কথাটা মনে পড়লো জবার। শেষ জোছনায় যদি সব রহস্য বের করাই যায় কিংবা বের হয় তাহলে নিশ্চয়ই এই সাদা পেঁচারও রহস্য বের হবে। প্রাকৃতিক কোন শক্তি নেই যে একটা পেঁচাকে কথা বলতে শেখাবে। ইশরাক সাহেবের এই অন্দরমহলের দক্ষিণ পাশের ঘরের রহস্য বের করার প্রথম এবং শেষ উপায়। এরপর আর হয়ত কোন উপায় থাকবে না এই রহস্য জানার। দুর্গাপুরের সেই ট্রেনে করে আসার পর থেকে এখানে ঘটে যাওয়া যাবতীয় ঘটনাকে কেন্দ্র করে সকল রহস্যের অবসান ঘটতে যাচ্ছে কাল। জবার হঠাৎ খুব মন খারাপ হয়ে গেলো। এতো অল্প সময় তারা এখানে থেকেছে যে একজনকে ঠিকমতো জানতে পর্যন্ত পারেনি জবা। শাহেদ, একজন তুমুল প্রেমে পড়া তরুণী জবার মনে কীভাবে শাহেদের মতো ইন্ট্রোভারট ছেলেকে ভালোবেসে ফেলেছে সে নিজেও জানে না। কাউকে সে জানাতে চায়ও না। কিছু অনুভূতি মানুষের গোপনে রেখে দিতে হয়। এসব গোপন ব্যথা কাউকে জানাতে নেই। কাউকে জানালে শতাব্দী ধরে জমানো ভালোবাসা কমে যায়। তাই কাউকে ভালবাসলে চুপচাপ দূর থেকেই বাসতে হয়। কাছে গেলেই কিছু

প্রেম কপূরের ন্যায় উবে যায়। সাদা মেঘের ভেলায় ভেসে অনেক আবেগ মরে যায়। আমাদের ব্যক্তিগত কিছু আবেগ কারো জন্য এভাবে মেরে ফেলা উচিত না বলেই আমাদের এইসব জীবনের অতি সুন্দর মুহূর্তটা গোপন রাখাই ভালো।

জানালার পাশে দাঁড়ালো সে। চোখে মুখে এক বিশাল কৌতূহল। যদিও সে জানে স্মিতা নামের কোন মৃত মেয়ে এখানে থাকলেও তাকে কিছুই করবে না। কেন করছে না এটাই তাকে ভাবাচ্ছে। আর একজন মেয়ে হয়েও জবা কেন ভয় পাচ্ছে না এটাও সে ভেবে পাচ্ছে না। হতে পারে এই মেয়েটা তাকে কিছু বলতে চাচ্ছে। পুরনো ইতিহাসে অনেক দেখা গেছে যে মৃত লোকেরা জীবিত কারো সাথে যোগাযোগ করার চেষ্টা করেছে। সত্যিকারের ইতিহাস না, ছবিতে! মাইরি বলছি, এতো সুন্দর মেয়ে জবা কখনই দেখেনি। রাতের অন্ধকারে যেদিন প্রথম তার শাড়ির আঁচল খুলে প্রায় নগ্ন হয়ে গেলো, জবার চোখে তখনো ফর্সা চামড়ার পেটের মেদহীন শরীর। একজন পুরুষ হলে হয়ত নিজেকে সংযত করতে পারতো না। টগবগে তরুণের মগজে খেলতো পবিত্র কাম-বাসনার ইচ্ছা। জানালার পাশে তিন-চার হাত পরে বারান্দার রেলিঙে পিঠ এলিয়ে দাঁড়াতেই চোখে পড়লো শাহেদের ঘর। জবা অবাক হয়ে দেখলো এখান থেকে শাহেদের ঘর স্পষ্ট দেখা না গেলেও খুব সহজেই শাহেদের পড়ার টেবিল দেখা যাচ্ছে। শাহেদকে বই পড়তে দেখলো সে। পরনে হালকা রঙের একটা শার্ট গায়ে দেয়া। এলোমেলো চুলগুলো কি জবার ছুঁয়ে দেখতে ইচ্ছে করছে না? আচ্ছা জবা যদি এই মানুষটার অধিকার পেতো তাহলে কি গভীর রাতে ঘুম ভেঙে যাওয়ার অজুহাতে কোলে মাথা রেখে গভীর সাগরের ন্যায় চুলে আঙুল ডুবিয়ে দেয়া যেত না? জবা কি করতো তখন? পরম ভালোবাসায় নিজেকে সঁপে দিতো? জায়গা করে দিত শরীরের কোন এক নির্দিষ্ট বুক নামক জায়গায়? খুব কান্না পাচ্ছিল তার। কেন সে এভাবে একজনকে ভালোবেসে ফেললো? সে কি পারতো না নিজেকে আটকে রাখতে? নাকি এই অনুভূতি আটকে রাখা যায় না? জবার মনে পড়ে গেলো মা বলেছিল কাউকে ভালবাসলে নাকি সারাক্ষণ মন বিষাদে ভরে থাকে। দু'হাত ভরে তার জন্য প্রার্থনা

করতে মন চায়। কি ভীষণ যন্ত্রণা নিয়ে যে একজনকে ভালোবেসে যেতে হয় যদি

ঈশ্বর জানতো তাহলে হয়ত স্বয়ং নিজে ভালোবাসাকে নিষিদ্ধ করে দিতো। প্রিয় মানুষ, তুমি ভালো থেকো জন্ম থেকে জন্মান্তর!

এই দুপুরের কড়া রোদে জবা দৌড়ে ছাদে চলে গেলো। নিজের অশ্রু কখনো কাউকে দেখাতে নেই, এতে যার জন্য অশ্রু ফেলি আমরা সেই মানুষের প্রতি অশ্রদ্ধা হয়। ভীষণ অশ্রদ্ধা হয়!

১৯

ছাদে বসে কাঁদতে কাঁদতে হঠাৎ দেখলো জবার পাশে শাহেদ বসে আছে।

সে তার গায়ে দেয়া শার্ট পালটে এসেছে। বোকা বোকা মুখ করে বসে আছে জবার পাশে। যেন সে একটা অপরাধ করে এসে জবার কাছে ক্ষমা চাইতে এসেছে। চারপাশ চুপচাপ। এসময় কারো ছাদের এপাশটায় আসার কথা না। কড়া রোদে কেউ ছাদে উঠে না। উঠলেও জবা সব সময়ই দেখেছে রাবেয়া কাজের উদ্দেশে ওঠে। শাহেদকে দেখে জবার খুব মায়া হলো। কি অদ্ভুত সুন্দর করে বসে আছে। পছন্দের মানুষের সবকিছুই ভালো লাগে। শাহেদের বসার ভঙ্গিটাও দেখতে ভালো লাগছে তার। শাহেদ বসেছে জবার দুহাত দূরে, একটু আড়াআড়িভাবে। একটা মানুষ জগতের এতো সৌন্দর্য নিয়ে জন্মায়?

জবা চোখ ফিরিয়ে নিলো। শাহেদ তার দিকে তাকিয়ে বলল, "মিস জবা, আপনি আর কতদিন আছেন এখানে?"

জবা গোপনে চোখ মুছলো। সে কাঁদছিল এটা সে দেখাতে চায় না তাকে। সে জবাব দিলো, "পরশু চলে যাবো শাহেদ ভাই। আপনি কি আমাকে কিছু বলবেন?"

জবার প্রশ্নে শাহেদ মাথা নিচু করে বলল, "বাবা আপনাদের মোটেও সময় দিতে পারেননি। আমার দায়িত্ব ছিল আপনাদের নিয়ে নদীর পাশটায় একবার ঘুরে দেখানোর। আপনি কি আমার সাথে আজ বিকেলে যেতে চান?"

একবার মনে হলো জবা না বলবে, পরে ভাবলো হয়ত কোন এক বিকেল তাদের একান্ত ব্যক্তিগত সময় কাটানোর কথা ঠিক করে রেখেছে। আমাদের সবকিছুই পূর্বনির্ধারণ করা থাকে। এই যে শাহেদ আজ রাতে জবাকে পরম মমতায় বুকে টেনে নিবে এটাও পূর্বনির্ধারণ

করা। সে বলল, "যাওয়া যায়। কিন্তু নিতু তো ব্যস্ত ব্যাগ গুছাতে। ও কি যাবে?"

"বিরাট সমস্যা হয়ে গেলো দেখছি তাহলে। এক কাজ করি চলেন আমরাই ঘুরে আসি। এখানে আসার পর আপনি বের হয়েছেন কি না আমার জানা নেই। শহুরে বাতাসের চেয়ে এখানকার নদীর পাড়ের বাতাসে প্রচুর পরিমাণে ভিটামিন আছে। গেলে দেখবেন মন ভালো হয়ে গেছে। এই নদীর পাড়ের ভিটামিনকে বলে "মন ভালো হওয়া ভিটামিন। ছাড়েন, আপনার মন খারাপ কেন বলুন তো?"

"শাহেদ ভাই আমার মন ভালো নেই সেটা কীভাবে বুঝলেন আমি জানি না কিন্তু সত্যিই আমার মন খারাপ। আমাদের মন ভেজা শৈবালের মতো। ভেজা শৈবাল যেমন দেয়ালে অবহেলায় বেড়ে ওঠে কিন্তু দেখার মতো কেউ নেই, তেমনই আমাদের মন খারাপের সময়গুলোতেও কেউ দেখে না। কিন্তু আমি খুশি হলাম আপনি আমার মনের অবস্থা বুঝতে পেরেছেন বলে।"

"মিস জবা?"

"হুঁ!"

"আপনার যে হালকা খয়েরি রঙের শাড়িটা আছে আজকে কি দয়া করে সে শাড়িটা পরে আমার সাথে যাবেন?"

জবার খুব ইচ্ছে করছিল তার পাশে বসে থাকা এই তরুণটির হাত ছুঁয়ে দেখতে। তার হাত কি নরম? নাকি সব রাগী পুরুষদের মতো খসখসে? জবার কেন যেন মনে হয়, রাগী পুরুষদের হাত কখনো নরম হয় না। শাহেদের হাত কি রাগী পুরুষদের মতো খসখসে নাকি নরম? জবা বলল, "শাহেদ ভাই, আমি অবশ্যই সেই খয়েরি রঙের শাড়িটা পরে বের হবো। আপনি কি দয়া করে আমার জন্য অপেক্ষা করবেন?"

শাহেদ হ্যাঁ সূচক মাথা নাড়লো। জবার মুখে হাসি ফুটলো। শাহেদের দিকে তাকিয়ে মুচকি হেসে নিচে নেমে এলো। বিকেল হতে

বেশি বাকি নেই। খয়েরি রঙা শাড়ি পরে এই প্রথম এবং এই শেষ শাহেদের সাথে সে সময় কাটাবে। শাহেদ নামের বোকা ছেলেটা হয়ত জানেও না পৃথিবীর অমোঘ নিয়মে কেউ একজন তাকে ভালোবেসেছে, কেউ তার জন্য রাতে ভাবে, যেমনটা ভাবলে বুকে মোচড় দেয় যেন কেউ তাকে দুমড়ে মেরে ফেলছে। ঈশ্বর আমাদের ভালোবাসা বুঝার ক্ষমতা দেননি। দিলে হয়ত জগতে এতো জীবন্ত লাশ ঘুরে বেড়াতো না। মানুষ না খেয়ে থাকলেও বেঁচে থাকে, মানুষ মরে ভালোবাসায়। বিকেলের সোনালি রোদের আলোয় তারা দুজন বের হলো। জবার চুল থেকে শাহেদ মাদক মাদক গন্ধ পাচ্ছিল, এই মাদক মাদক গন্ধটা কেবল মেয়েদের চুলেই পাওয়া যায়। এইটা খুব সম্ভত জগতের নিয়ম। ইশরাক সাহেবের বাড়ি থেকে দশ মিনিট হাঁটলেই নদী। বিকেল পড়ে যাওয়ায় সব মাঝিরা তাদের নৌকা ভিড়িয়ে রেখেছেন। ছবির মতো সুন্দর লাগছে জায়গাটা। হুট করেই জবার পছন্দ হয়ে গেলো। খুশিতে প্রায় চেঁচিয়ে বলে উঠলো, "কি সুন্দর! আমি কেন এতদিন এখানে আসলাম না? শাহেদ ভাই আমার যে কি আনন্দ লাগছে! এই দেখুন আমার আনন্দে চোখে জল এসে পড়েছে।"

শাহেদ অবাক হলো। একটা মেয়েকে সে কখনো নগণ্য কারণে এভাবে আনন্দ পেতে দেখেনি। অথচ শাহেদ জানতেও পারলো না জবার নদী দেখে কান্না আসেনি, কান্না এসেছে ঠিক আটচল্লিশ ঘণ্টা পরে সে শাহেদের কাছ থেকে কয়েকশো মাইল দূরে চলে যাবে বলে। দূরত্ব একটা বিষাদের নাম।

"আচ্ছা শাহেদ ভাই আমরা চলে গেলে কি আপনার মন খারাপ হবে না? এই যে আমরা এতদিন আপনাদের বাড়িতে ছিলাম, আপনাদের সাথে কাটালাম, আমাদের কথা মনে পড়বে না?"

"মিস জবা, স্মৃতির খেলা সবচেয়ে বাজে খেলা। আমরা সবচেয়ে বেশি ভুগি আমাদের মগজের নিউরনে জমে থাকা কিছু রুপালি রঙের স্মৃতিতে।"

জবা এগিয়ে এসে শাহেদের পাশে দাঁড়ালো। তার মনটা হঠাৎ হুহু করে উঠলো। সময় এতো দ্রুত যায়? এতো দ্রুত! এতো দ্রুত কেন যায় সময়? শাহেদ চুপচাপ দাঁড়িয়ে আছে। এই নদীর ধার ধরে কোন দেশ চলেছে? একটা নদীর কি শেষ নেই? নাকি সময়ের মতো বয়ে চলতেই থাকে? উঁহু! ভুল বললাম। আসলে সময়ই নদীর মতো বয়ে চলে।

"মিস জবা!"

"হুঁ!"

"আপনার মন ভালো করার উপায় খুঁজছি!"

"কেন বলুন তো! আমার মন ভীষণ ভালো। এই দেখুন আপনি যদি এখন বলেন, এই জবা তুমি এই নদীতে ঝাঁপ দিয়ে মরে যাও আমি ঝাঁপ দিয়ে মরে যাবো!"

"কিন্তু জবা আমি আপনাকে তুমি করে বলছি না, আর তার চেয়েও বড় কথা আমি কখনই কাউকে মরে যেতে বলবো না। মৃত্যু এতো সহজ না। মৃত্যু হওয়া দরকার জটিল। একমাত্র জটিল মৃত্যুই সবাই মনে রাখে, সহজ মৃত্যুতে কোন শোক থাকে না, থাকে চলে যাওয়ার কিছু আক্ষেপ।"

"শাহেদ ভাই চলেন বাড়ি ফিরে যাই। আমার ভালো লাগছে না।"

"এইমাত্র না বললেন ভীষণ মন ভালো? আচ্ছা শুনেন আপনি নদীতে ঝাঁপ দিয়ে মরে যান। তাও মন খারাপ করবেন না। কেউ মন খারাপ করলে আমার খুব খারাপ লাগে!"

"আপনি প্লিজ বাড়ি ফিরে চলেন।"

অগত্যা শাহেদ জবাকে নিয়ে বাড়ির দিকে রওনা দিলো। এবং যাওয়ার পথে ঠিক সন্ধে নামার মুখে পড়লো বিপত্তি। আকস্মিক ঝড়ে দ্রুত পা চালাতে হলো তাদের। জবার মনে হলো তারা দুইজন খামাখা হাঁটছে। এই ঘোর অন্ধকার ঝড়ে যতো দ্রুতই পা চালাক না কেন বাড়ি ফিরতে পারবে না। পারলেও ভিজতে তাদের হবেই। শাহেদ হঠাৎ

থমকে দাঁড়ালো। জবার দিকে ভয় ভয় দৃষ্টিতে তাকিয়ে বলল, "এই যে আমরা কিন্তু বাড়িতে ফিরতে পারবো বলে মনে হচ্ছে না! আমি বৃষ্টিতে ভিজতে পারবো না সরি! আপনি কি দয়া করে এই চায়ের দোকানে অপেক্ষা করবেন?"

ফোঁটা ফোঁটা বৃষ্টির জলে জবার খয়েরি রঙা শাড়ি ইতিমধ্যেই কাকভেজা হয়ে পড়েছে। জবা তাৎক্ষণিক শাহেদকে বলল, "দেখুন, একদিন বৃষ্টিতে ভিজলে কিছু হবে না। আপনি কি ভয় পাচ্ছেন? ভয় পাওয়ার কিচ্ছু নেই। এই যে আমার হাত ধরুন। চলুন আমরা হাত ধরে বৃষ্টিতে ভিজতে ভিজতে বাড়ি ফিরে যাই। জগতের কোন শক্তিই আজকে আপনার কিছু করতে পারবে না।

আসুন, আমার হাত ধরুন শাহেদ ভাই!"

শাহেদ জবার হাত ধরলো। ঠাণ্ডায় নরম হাত কেমন যেন হয়ে আছে। হঠাৎ প্রচণ্ড শব্দে বাজ পড়লো। সাথে সাথে জবা শাহেদের বুকের গভীরে লেপটে দিলো নিজেকে। কি ভীষণ ভরসার আশ্রয়! বুকের ভেতর কেমন একটা আতশবাজি ফুটছে! জবা তার মাথায় আলতো হাতের স্পর্শ পেলো। কি যত্নে একজন পুরুষ মাথায় হাত রাখতে পারে? কিন্তু! কিন্তু জবার মনে পড়ে গেলো এই মাথায় পরম মায়ায় হাত রাখা মানুষটাকে রেখে কয়েকশো মাইল দূরে চলে যেতে হবে কাল। বৃষ্টির জলের সাথে জবার চোখের জল মিলিয়ে গেলো। শাহেদ দেখলোও না তার এই পরম মমতায় ছুঁয়ে দেয়া উনিশ বছরের তরুণীটি ভেতরে কাচের আয়নার মতো ভাঙছে।

"শাহেদ ভাই, একটা কথা বলি?"

"হ্যাঁ বলুন। জবা, আপনি কি ভয় পেয়েছেন?"

"না আমার একদম ভয় করছে না শাহেদ ভাই। আপনি কি আমার হাতটা শক্ত করে ধরে রাখবেন? আমার কেন জানি খুব কষ্ট হচ্ছে! আপনি প্লিজ আমার হাত ছাড়বেন না শাহেদ ভাই!"

জবার আসলেই খুব কান্না পাচ্ছিল। সেই সাথে মনে হচ্ছিল শাহেদ নামের এই ছেলেটি হাত ছেড়ে দিলে জবা বড় কিছু একটা জিনিস হারিয়ে ফেলবে। সে কিছুতেই বড় জিনিসটা হারাতে চায় না। পাশের নোংরা পুকুর থেকে ব্যাঙ ডাকার শব্দ ভেসে আসছে। শাহেদের বুক থেকে মাথা উঠাতেই দেখলো বৃষ্টি প্রায় থেমে গেছে। জবারা যখন বাড়ি ফিরলো ইশরাক সাহেব তখনো বাড়ি ফেরেনি। শাড়ি পালটে বেসিনের সামনে মুখ ধোয়ার সময় জবার লেপটে যাওয়া কাজল চোখে পড়লো। ভয়ে শাহেদের বুকে ঝাপটে পড়ার সময় শাহেদের ভেজা শার্টে তার কাজল মুছে গেছে। অদ্ভুত সুন্দর এক অনুভূতি জবাকে রীতিমতো জড়িয়ে ধরলো। শাহেদের হাতের ছোঁয়া পেয়ে শরীর যেন বিদ্রোহ করতে লাগলো। অথচ এই তরুণের কাছাকাছি আসলেই জবা টের পায় তার ভেতরটা কেমন ভেঙে চুরমার হয়ে যাচ্ছে। রাত দশটা নাগাদ জবা আলমারি খুলে চিঠি পড়তে বসলো। আকাশে তখন ফিনিক ফাটা জোছনা।

চারপাশে বেলি ফুলের মাতাল করা মৌ মৌ গন্ধ ছড়িয়ে পড়েছে!

২০

জবা,

আমি যে মৃত এটা শুনে তোমার নিশ্চয়ই হাসি পাওয়ার বা ভয় পাওয়ার কথা ছিল। কিন্তু আশ্চর্যের ব্যাপার হচ্ছে তুমি ভয় পাওনি। আমার পরিচয় জানতে চেয়েছিলে কিন্তু আমার পরিচয় সরাসরি দেয়ার ক্ষমতা নেই। আমি বাস করি অন্য এক জগতে। তোমাদের জগতের নিয়মের সাথে আমার জগতের অনেক ভিন্নতা। মানুষ মরে গেলে আরেক অচেনা জগতে চলে যায়। প্রিয় জবা, আমি আছি অচেনা জগতে। আমার জগতে আমি একা, ভীষণ একা। আমার জোছনা এতো পছন্দ জানো। জোছনায় শাড়ি খুলে বারান্দায় দাঁড়িয়ে, গা ভেজানো আমার ভীষণ দুর্বলতা!

ভালো কথা! জবা আমি তোমার ইশরাক চাচার বড় মেয়ে। শুনে অবাক হওয়ার কিছু নেই। বাবার উচিত ছিল তোমাদের আমার কথাটা খুলে বলা। বাবা সেটা করেননি। আমাদের সবার বাবারাই তাদের মেয়ের গোপন ব্যথার কথা সবার কাছে লুকিয়ে রাখেন, আমি এতে দোষ দেখি না। জবা, তোমার ইশরাক চাচারও কোন দোষ নেই তাকে ক্ষমা করো। প্রকৃতির নিয়মে আমাকে বড় হতে হয়েছে। বড় হওয়ার সাথে সাথে আমার প্রাকৃতিক কিছু পরিবর্তন এসেছিল, হয়ত সেই পরিবর্তনের কারণেই আজ আমার বাস আরেক অচেনা জগতে।

ঘটনার শুরু হয় আরো বেশ কয়েক বছর আগে। তুমি হয়ত জানো না আমাদের অন্দরমহলের দাবিদার ছিল হিন্দুরা। তারা আমাদের উঠোনে পূজা করেছে, চাতালে বসে খঞ্জনা বাজিয়ে সময় পার করেছে। বাবার তখন নিষেধ করার মতো ক্ষমতা ছিল না। মায়ের চুড়ি বেচে দিয়ে বাবা অন্দরমহলের হিন্দুদের তাড়ালেন। সেসময় বাবাকে সাহায্য করলেন বাবার একমাত্র বন্ধু মীর। বাবা খুশি হয়ে তাকে আমাদের ঘরে তুললেন। বাবার হয়ত জানা ছিল না, আমরা মেয়েরা সবচেয়ে বেশি

নির্যাতনের শিকার হই বাড়ির কিছু কাছের মানুষদের কাছ থেকে। অন্দরমহলের দক্ষিণ পাশের ঘরটায় আমি সেদিন ঘুমিয়ে। ঘুমের ভেতরেই হয়ত টের পেলাম কেউ আমার দরজা খুলে বিছানায় গা এলিয়ে শুয়ে পড়ছে। ভয়ে পাশ ফিরে তাকাতেই একটা শক্ত হাতের থাবা আমার মুখের উপর পড়ে। কিছু বুঝার আগেই আমার সমস্ত শক্তি বিলিন করে দিয়ে শাড়ির আঁচল খুলে দেয়ার চেষ্টা টের পেলাম। বহু কষ্টে তাকিয়ে দেখলাম আমার বিছানায় অদ্ভুত এবং বিচ্ছিরি ভঙ্গিতে আমাকে শেষ করে দিতে মীর চাচা গা এলিয়ে আমাকে নির্যাতন করার চেষ্টা চালিয়ে যাচ্ছে। আমি পারছিলাম না! আমার ভেতরে লজ্জা নামক বস্তুটা আমাকে মেরে ফেলছিল। অন্ধকারে স্পষ্ট দেখতে পেলাম আমার পিতার ন্যায় সম্মান করা লোকটা নগ্ন হচ্ছে। আমার চোখ বিশ্বাস করছিল না যে আমি ধর্ষিত হতে যাচ্ছি। আমার সাথে রাষ্ট্রের সকল নিয়ম ভেঙে চুরমার হয়ে গেলো। পিতার সমান বলা লোকটা আর রাষ্ট্রের সামনে পিতার ন্যায় কোন মানুষ রইলো না, হয়ে গেলো ধর্ষক! কিছুক্ষণ পরেই আমি টের পেলাম আমার দেহের ভেতরে কিছু একটা প্রবেশ করছে। ঘৃণায় আমার গা রি-রি করছিল। পশুত্বের চরম সীমা পার করে লোকটা আমাকে নগ্ন এবং অজ্ঞান অবস্থায় ফেলে ঘর থেকে পালিয়ে গেলো।

আমি জানতাম এই ঘটনায় আমার কোন দোষ ছিল না। কিন্তু আমি আমার বাবাকে চিনি এবং জানি। আমি বেঁচে থাকলে বাবা সারা জীবন কষ্টে থাকতো। মানবিক তাড়নায় আমি সম্পূর্ণ স্বইচ্ছায় নিজেকে নিজে আরেক জগতে নিয়ে গেলাম! বিশ্বাস করো, আমার কষ্ট হয়নি!

আমাকে সকালে আবিষ্কার করলো বাবলু ভাই। সিলিংয়ে ঝুলছে আমার নতুন অস্তিত্ব। আমি ভেবেছি আমার মৃত্যু হবে সহজ, সুন্দর। অথচ সহজ মৃত্যু বলে কিচ্ছু নেই এই পার্থিব জগতে!

জবা, তুমি ভীষণ সাহসী মেয়ে। আমি জানতাম আমাকে তুমি ভয় পাবে না। এমন চমৎকার মেয়ে আমার খুব পছন্দ। আফসোস আমি তোমার সাথে জীবিত অবস্থায় দেখা পেলাম না।

স্মিতা

জবার হাত থরথর করে কাঁপছে। এমন বীভৎস আর জঘন্য মানুষ এই পৃথিবীতে কিভাবে বাস করতে পারে জানা নেই। জবার মনে হচ্ছিল সে এখন চিৎকার করে কাঁদবে। চিৎকার করে কাঁদলে আমাদের ভেতর থেকে সমস্ত কষ্ট চলে যায়। কিন্তু একটা সময়ে এসে আমরা কেউ আর এভাবে গলা ফাটিয়ে কাঁদতে পারি না। জবা বারান্দায় বের হয়ে এলো। এলোপাথাড়ি জোছনা আজ। বারান্দা যেন ভেঙে যাচ্ছে জোছনার আলোয়। অবাক হয়ে তাকিয়ে দেখলো দক্ষিণ ঘরের পাশ থেকে সাদা পেঁচাটা উড়ে চলে গেলো। জবা জানে আজকের পর থেকে এই পেঁচা আর কখনো আসবে না। একটা কড়া ফুলের সুবাস হঠাৎ চারপাশ ভাসিয়ে দিচ্ছিল। জবা মুগ্ধ হয়ে দেখলো দক্ষিণ ঘরের পাশের জানালায় সফেদ রঙের পর্দা ঝুলছে। কি সুন্দর! কি সুন্দর একটা জোছনা রাত। এতো সুন্দর একটা রাতে জবার কেন কান্না পাচ্ছে?

২১

"ধরো মিথ্যেটাই সত্যি হয়ে গেলো,

আমরা একই ছাদের নিচে, অথবা একই আকাশের নিচে সদ্য বসবাস করা শুরু করেছি

আমাদের বেলা কাটছে না, কাটছে দু'চার মিনিট ঘড়ির কাঁটা।

আমাদের নতুন সংসারে চাল ডালের হিসাবের চেয়ে শাড়ির হিসাব, জোছনার হিসাব, কোন মাসে পড়েছে অমাবস্যা ফাগুন, জলের দামে ডুবলো বুঝি বিকেল!

মিথ্যেটাই ধরো সত্যি হয়ে গেলো!

প্রণয় প্রণয় গুঞ্জনে আমাদের বিকেল বেলার ব্যাল্কনিতে চড়ুই পাখির শব্দে ভেঙে যাবে সহবাস,

নুনের ডিবেয় রাখতে গিয়ে, ভাত গিলতে চোখের জলে ভাসবে বেলা, কাটবে শরৎ, উরুর প্রেমে মস্ত বড় ভুল ভেঙে যায়,

সত্যিটাই যদি মিথ্যে হতো!

আমি হতাম কিছুটা পাগল পাগল,

মধ্য রাতের ফিসফাস আলাপনে দুমদাম দিয়ে ওষ্ঠ রাঙা চুমু।

ধরো, ধরো সত্যিটাই যদি সত্যি হতো,

ভীষণ ভীষণ একলা হয়ে বিকেল রঙা চাদর দিয়ে তোমার নামে বুড়িগঙ্গায় একশো রঙের নালিশ দিতাম!

একলা করে ভীষণ করে এই আমিটাই কষ্ট পেয়ে রোদ রঙা এক বিষাদ মেখে ঘামটি মেরে অশ্রু দিয়ে তোমায় ঠিক কিনে নিতাম!

এই ধরো না ভীষণ রাগে, রাতটি হলে একলা জেগে তোমার কথা পড়তে গিয়ে হাত-পা ছুড়ে ভীষণ রকম কাঁদতে গিয়ে ভুলে যেতাম পুঁইশাকেতে ভরা বিকেল।

আস্ত রাখা মটরশুঁটি, কড়াই পোড়া কুমড়ো বড়া রাঁধতে গিয়ে হাত-পা পুড়ে এই আমিটাই ভীষণ রকম তোমায় নিয়ে বিষাদ নিতাম।

ধরো মিথ্যেটাই সত্যি হয়ে গেলো,

আকাশ থেকে চাঁদ নামিয়ে তোমার বুকের কাছে আতসবাজির মতো একশো রকম বায়না নিতাম।

সত্যি যখন সত্যি হলো,

একলা করে ভীষণ রকম এই তুমিটা যাচ্ছেতাই বিষাদ দিয়ে,

আকাশ ভরা ডাগর চোখে একলা করে চলে গেলে।

এখন দেখো আড়াল করে, সত্যিটাই হলো মিথ্যে।"

জবা অবাক হয়ে পড়ছিল শাহেদের লেখা কবিতাটা। এমন বোকা বোকা ছেলেটা এতো সুন্দর করে কীভাবে কবিতা লিখে? যদিও কবিতা নিয়ে জবার কোন ধারণা নেই, কিন্তু জবার মনে হচ্ছিল যাওয়ার আগে এসব দেখে মন আরো খারাপ করে ফেলেছে সে। মন খারাপ হওয়ার কোন কারণ ছিল না এখানে। সামান্য একটা কবিতা। শাহেদের যাকে ইচ্ছে তাকে নিয়ে কবিতা লেখার অধিকার আছে। জবা কেন মন খারাপ করবে? জবা এখানে এসেছিল ছুটি কাটাতে। কাল তারা ফিরে যাবে, ফিরে যাবে এটাই স্বাভাবিক। একটা কবিতা লেখা বোকা বনে থাকা ছেলের জন্য সে কেন খামাখা মন খারাপ করে থাকবে? মন খারাপের বিজ্ঞাপন সে শাহেদের জন্য রাখবে না। শাহেদকে সে ভালোবাসে। তবে সে শাহেদকে কখনো জানাবে না।

"আপনি আজিকে যবে শুধাইছে আসি,

কেমনে প্রকাশি কব কতো ভালোবাসি!"

"আপা তোমার কি মন খারাপ?"

জবা পাশ ফিরে দেখলো নিতু দাঁড়িয়ে আছে। তার মুখ হাসি হাসি। আসার পর থেকে নিতুর এক কথায় বিরক্তিতেই কেটেছে প্রায়। এই বিরক্তির শেষ হবে কাল, হয়ত তাই হাসি হাসি মুখ করে সারা বাড়ি ঘুরে বেড়াচ্ছে। ইশরাক আহমেদ গেছেন ভ্যান ঠিক করতে। এই সময় ভ্যান হুট করে পাওয়া যায় না। ইশরাক সাহেবের মন খারাপ না হলেও বাবলু ভাইকে মন খারাপ করে বসে থাকতে দেখলো জবা। পান চিবুতে চিবুতে অন্দরমহলের রোয়াকে বসে রইলেন সারা দুপুর। ইশরাক সাহেবেরও হয়ত মন খারাপ করছে। আপন মানুষ অল্প দিনের জন্য কাছে এসে আবার চলে গেলে মন খারাপ হওয়াই স্বাভাবিক।

বিকেলে ইশরাক সাহেব জবাকে তার ঘরে ডাকলেন। মুখ ভার করে বললেন, "জবা মা একটা কথা বলবো?"

জবা দ্রুত জবাব দিলো, "জি চাচা বলেন।"

"মা আমার মন অত্যধিক খারাপ। কেন খারাপ আশা করি সেটা বুঝতে পারছো! আমার একটা কথা রাখবে?"

"আমি আপনার কথা রাখার চেষ্টা করবো অবশ্যই!"

"তোদের বাবা মারা যাওয়ার পর আমার উচিত ছিল তোদের নিয়ে একটু বাঁচার। কিন্তু তুই তো জানিস বাস্তবতা কি ভয়ংকর! মা, তুই আর নিতু আর কিছুদিন থেকে যা এখানে! আমি খুবই খুশি হবো। তাছাড়া আমি তোদের মোটেও সময় দিতে পারিনি। পারবি?"

জবা ভাবলো, সম্মতি দেয়ার আগেই শাহেদের মুখটা ভেসে উঠলো জবার। এখানে আর থাকা মানে শাহেদ নামের তরুণটির জন্য বাড়তি কষ্ট পাওয়া। আমরা কখনো জেনেশুনে কষ্ট পেতে চাই না। জবা উত্তর দিলো, "কিন্তু চাচা, নিতুর খুবই দরকার যাওয়া। আমি দুঃখিত যে আপনার কথাটা রাখতে পারলাম না বলে। আশা করি আপনি কষ্ট পাবেন না। পরের ছুটি আমরা এখানে কাটাবো কথা দিলাম!"

কাছে গিয়ে ইশরাক চাচার মাথায় হাত বুলিয়ে দিলো জবা। লোকটাকে একদম বাবার মতো দেখতে লাগে। ওপাশে তাকিয়ে আয়নায় দেখতে পেলো ইশরাক সাহেব কাঁদছেন। জবা কিছু বলল না। নিঃশব্দে ঘর থেকে বের হয়ে গেলো। কান্নার সময় কাউকে পাশে থাকতে নেই।

২২

বাসন্তি রঙের শাড়িটা পরে জবা গেটের সামনে দাঁড়িয়ে আছে। হাতে লাল রঙের লাগেজ। নিতু ফিরে আসা পর্যন্ত স্থির হয়ে দাঁড়িয়ে থাকতে হবে। কোন মানে হয়? জবার খোঁপায় সাদা রঙের বেলি পেঁচানো। সারা শরীর ঘ্রাণে মৌ মৌ করছে। ইশরাক সাহেবের ধারণা অনুযায়ী ভ্যান আসবে আরো আধ ঘণ্টা পর। এই আধ ঘণ্টা নিতু বড় চাচার সাথে কাটাতে চায়। যদিও ইশরাক সাহেব নিজে স্টেশন পর্যন্ত এগিয়ে দিবেন ভেবেছিলেন, কিন্তু বয়স একটা বাধা হয়ে দাঁড়িয়েছে আজকাল তার জন্যে। জবা দাঁড়িয়ে আছে গেটের কাছে একটা জাম গাছের নিচে। অসময় বলে গাছটায় জাম-টাম নেই। পাখিদের কলকাকলি, অন্দরমহলের বারান্দা, শেফা নামের চুপচাপ মেয়েটি, মাজেদা বানু, ইশরাক আহমেদ এবং খুব খুব ব্যক্তিগত একজন মানুষকে ছেড়ে একটু পরেই ট্রেনে চেপে নিজের ঠিকানায় চলে যাবে জবা। তার যে খুব বেশি খারাপ লাগছে তা না। বাবা মারা যাওয়ার পর আর তেমন করে খারাপ লাগেনি তার। সুতরাং এই গ্রাম, এই চাচার বাড়ি ছেড়ে যেতে তার খুব একটা যে খারাপ লাগছে তা নয়। এমনকি শাহেদের জন্যেও তার খারাপ লাগছে না। মনে হচ্ছে, এখান থেকে গেলেই বাঁচি! আমরা অনেক সময় ভালোবাসা থেকে পালিয়ে বাঁচতে চাই। আমাদের ধারণা পালিয়ে গেলেই, দূরত্ব তৈরি হলেই আমাদের বুঝি আকাশ আলাদা হলো! আসলে আমরা তো বাস করি একই আকাশের নিচে। জানালার শিকে মাথা ঠেকালেই আমরা একই রঙের আকাশ দেখতে পাই। দূরত্বে বাড়ে প্রেম, কমে আড়ষ্টতা!

জবার দাঁড়িয়ে থাকা দেখে বাবলু ভাই এগিয়ে এলেন। তার হাতে লাল রঙের একটা ডিবে। চোখ কচলাতে কচলাতে বললেন, "আম্মা, এইটার মধ্যে লাড্ডু আছে। পথে খিদা লাগলে খাইয়া নিয়েন। আপনে বড় ভালা একটা মেয়ে। আমি আপনার জন্য কিছু করতে পারি নাই।

তয়, আমার লাড্ডু খাইয়া আমারে মনে রাইখেন। আম্মা, আপনারে একটা কথা জিজ্ঞেস করবো যদি অনুমতি দেন?"

জবা বাবলু ভাইয়ের হাত থেকে লাল রঙের ডিবে নিয়ে তার কাঁধে ঝোলানো দামি চামড়ার ব্যাগটায় রেখে দিলো। তারপর বাবলু ভাইয়ের দিকে তাকিয়ে বলল, "বলেন বাবলু ভাই। আমরা চলে যাচ্ছি বলে কী আপনার মন খারাপ হচ্ছে?"

বাবলু ভাই হাসলেন। এই হাসি দুঃখের হাসি। "নারে আম্মা! মানুষ চইলা যাবে এটাই স্বাভাবিক। উপরওয়ালা নিয়ম কইরা দিছে, আপন মানুষগুলা দুম কইরা চইলা যাবে। আম্মা, আবার যদি কখনো আসেন আমি বাঁইচা না থাকলেও আমার ভিটায় একদিন পা রাখবেন। আমি বড় খুশি হবো।"

জবা স্পষ্ট দেখতে পাচ্ছিল বাবলু ভাইয়ের চোখের কোনায় জলজল করছে। এতো অল্প দিনেও এতো প্রগাঢ় মায়া জন্মে?

"বাবলু ভাই, আপনি অবশ্যই বেঁচে থাকবেন। আমি এইখানে ঠিকমতো ঘুরে দেখিনি। পরের বার এলে ইশরাক চাচা আর আপনি মিলে আমাকে পুরো গ্রাম ঘুরাবেন। পারবেন না?"

বাবলু ভাই জবাব দিলেন না। মাথা নেড়ে হ্যাঁ জানিয়ে গটগট করে হেঁটে চলে গেলেন। দূর আকাশ থেকে চিলের কু-শব্দ ভেসে আসছে। মাতাল করা বেলি ফুলের গন্ধ নিয়ে জবাকে আর একা দাঁড়িয়ে থাকতে হলো না। নিতু আর জবাকে শেষ বিদায় জানাতে এগিয়ে এলেন ইশরাক সাহেব। তার চোখে-মুখে কেমন একটা দুঃখী দুঃখী আভাস পাওয়া যাচ্ছে। আপন মানুষ চলে যাওয়ার আগে যেমন একটা থমথমে পরিবেশ সৃষ্টি হয় ঠিক তেমন একটা পরিবেশ সৃষ্টি হয়েছে।

বাড়ির গেটের সামনে থেকে জবা শেষবার অন্দরমহলের বারান্দার দিকে তাকালো। রহস্য হোক আর যাই হোক, জবা জানে চিঠি দেয়ার কাজটা শেফা ছাড়া আর কেউ করেনি। নিতুর সাথে শেফার ভাব জমেছিল ভালোই। সুতরাং ধরেই নেয় যায় কাজটি শেফা করেছে। সে

সরাসরি সাহায্য করতে না পারলেও চেয়েছে জবা যেনো রহস্যটা জেনে যেতে পারে। ভীষণ লক্ষ্মী একটা মেয়ে। অথচ বিদায় বেলা তাকে আশেপাশে কোথাও দেখাই গেলো না!

জবার পাশে দাঁড়িয়ে ইশরাক সাহেব গলা যথাসম্ভব উঁচু করে বললেন, "আমি তোদের হয়তো তেমন দেখাশোনা করতে পারিনি। আমায় ক্ষমা করিস মা! তবে শুনে রাখ, এই অন্দরমহলে তোদের পায়ের স্পর্শ লেগে থাকবে আজীবন। আমি চাই তোরা খুব দ্রুত আবার আমার অন্দরমহলের বাসিন্দা হ। চল তোদের পৌঁছে দিয়ে আসি। শাহেদ? শাহেদ কই?"

"চাচা আপনাকে কষ্ট করতে হবে না। আপনি প্লিজ ঘরে গিয়ে শুয়ে থাকুন। আমরা দুই বোন একাই যেতে পারবো। এ পথ আমাদের পরিচিত।"

তারপরই জবা আশেপাশে চোখ বুলালো। শাহেদের চিহ্ন পর্যন্ত নেই। শেষ মুহূর্তে এসে জবার খুব ইচ্ছে হচ্ছিল শেষ একবার শাহেদকে দেখে যাক সে। মাজেদা বানু ইশরাক সাহেবকে বললেন, "ছেলেটা কোথায় গেছে বলে তো গেলো না। এসবে বাবা আমি নেই। ও জবা শুন! পরেরবার আসার সময় এই সময় আসিসনে যেনো। পুজো পড়ে যায় রাস্তায়। দিনকাল ভালো থাকে না এ সময়। জুয়ান জুয়ান মেয়ে। ভর করবে দেবীরা।"

ইশরাক আহমেদ ধমক দিয়ে চুপ করিয়ে দিলেন স্ত্রীকে। রাগে আগুনের ফুলকির মতো টগবগ করতে করতে ভেতরে চলে গেলেন মাজেদা বানু।

ওই তো ভ্যান চলে এসেছে। আবছা গাঢ় বিষাদ ঢেকে ফেললো জবাকে। কঠিন এক মায়া পেছনে ফেলে ভ্যান চলে গেলো তার গন্তব্যে। ইশরাক সাহেব তাকিয়ে তাকিয়ে ওদের চলে যাওয়া দেখলেন। কি সুন্দর রক্তের মানুষগুলো সাময়িক কাছে এসে আমাদের মগজের নিউরনে রেখে দিয়ে যায় কিছু মায়া কিংবা বড্ড বাড়াবাড়ি রকমের ভালোবাসা!

২৩

দুর্গাপুরে এসেই সেদিনের বৃষ্টির কথা মনে পড়ে গেলো। কি ঝুম বৃষ্টিই না ছিল সেদিন। আর আজ ঝলমলে রোদ। ডাউকি ব্রিজের মতো দূর থেকে সূর্যের তাপ উপভোগ করা যাচ্ছে। নিতু লাগেজ নিয়ে জবার পাশে দাঁড়িয়ে বললো, "আপা, শেফা আপা আমাদের সাথে দেখা করলো না কেন?"

সত্যিটা জবা জানাতে চায় না। সেদিন শেফার ঘরের কাগজে শেফার লেখা দেখেই মিলিয়ে নিয়েছিল, মৃত মানুষ কখনো চিঠি লিখতে পারে না। যদিও সেই কথাবলা পেঁচা, জোছনা রাতে আঁচলের গিট খুলে দেয়ার চেষ্টারত মেয়ের কোন যুক্তি সে খুঁজে পায়নি, কিন্তু মনে হয়েছে এসব হয়তো প্রকৃতি তাকে কাহিনির সাথে পরিচয় করিয়ে দিয়েছে মাত্র। প্রকৃতি বড় রহস্যময় জিনিস।

জবা নরম গলায় বললো, "আমরা যখন কোনকিছু লুকাতে চাই সেটা যদি কোনভাবে কেউ জেনে ফেলে তাহলে আমরা আর সেই মানুষের সামনে যেতে আগ্রহ পাই না। শেফা আগ্রহ হারিয়ে আমাদের কাছে আর আসেনি। এখন প্লিজ তুই জানতে চাস না যে কেন আগ্রহ হারিয়েছে! চল ট্রেনে উঠে পড়ি। এতোক্ষণ এখানে বসে থাকাটা ভারি বিরক্তিকর!"

বেঁটে আর কালো একজন কুলি দর কষাকষি করে তাদের লাগেজ ট্রেনের কামরায় তুলে দিলো। জবা বসেছে জানালার পাশে, সূর্যের রক্তিম আভা জবার গালে খেলা করছিল। হঠাৎ শাহেদের কথা মনে পড়তেই বুকের ভেতর কেমন খালি হয়ে গেলো। ইস! যদি শেষ একবার দেখা হতো। চমৎকার একটা কবিতা মনে পড়ে গেলো তার। জীবনানন্দের-

"অদ্ভুত আঁধার এক এসেছে এ-পৃথিবীতে আজ, যারা অন্ধ সবচেয়ে বেশি আজ চোখে দ্যাখে তারা; যাদের হৃদয়ে কোনো প্রেম নেই-প্রীতি নেই-করুণার আলোড়ন নেই পৃথিবী অচল আজ তাদের সুপরামর্শ ছাড়া। যাদের গভীর আস্থা আছে আজো মানুষের প্রতি।"

আসলেই তো! যাদের হৃদয়ে কোন প্রেম নেই প্রীতি নেই করুণার আলোড়ন নেই পৃথিবী তো অচল হবেই।

ট্রেন ছাড়ার সময় হয়ে এসেছে। পানির বোতলে মুখ ডুবিয়ে পানি খেয়ে কানে এলো ট্রেন ছাড়ার হুইসেলের শব্দ। ঠিক তখনই নিতু প্রায় চেঁচিয়ে বলল, "আপা দেখো দেখো শাহেদ ভাই এসেছে! ওই যে ওইদিকে তাকাও। দ্রুত আপা! ওই যে শাহেদ ভাই দাঁড়িয়ে আছে!"

ট্রেনের চাকার গতি অতি শ্লথ! দম নেয়ার সময় পেলো না জবা। ট্রেনের জং ধরা জানালা দিয়ে মাথা বের করে দেখলো স্টেশনের যাত্রী ছাউনির নিচে শাহেদ দাঁড়িয়ে। ট্রেনের গতি বাড়ছিল। হঠাৎ জবা দেখলো শাহেদ তার পরনের সাদা শার্টের হাতায় চোখ মুছছে। দূর থেকে বোঝা গেলো শাহেদ কাঁদছে। এ সময় বিকট শব্দে ট্রেন তার গতি বাড়ালো।

শাহেদ কাঁদছে! একটা পুরুষ তাকে ভালোবেসে তার চলে যাওয়া দেখে কাঁদছে। চোখের দু'ফোঁটা জল যে মেয়ের জন্য গড়িয়ে পড়ে সে মেয়ে ধন্য। জবার মনটা হুহু করে উঠলো। প্রগাঢ় মায়ায় গোপনে জবা চোখ মুছে নিলো। নিজের ব্যক্তিগত অশ্রু কখনো কাউকে দেখাতে নেই।

....

লেখক পরিচিতি

সাদিয়া সিদ্দিকা। জন্ম জানুয়ারি ২০০০ সাল, নারায়ণগঞ্জে। পেশায় সাংবাদিক। ছোটবেলায় কবিতা লিখে লেখালিখির জগতে প্রবেশ। তার প্রথম কাব্যগ্রন্থ 'প্রিয়তমেষু' প্রকাশিত হয় ২০১৮ এর বইমেলায়। দ্বিতীয় গ্রন্থ 'একটি বসন্ত অতঃপর কৃষ্ণচূড়া' প্রকাশিত হয় ২০১৯ এর বইমেলায়। এছাড়া বিভিন্ন পত্রিকাতেও লেখালিখি করছেন। লেখালিখির অধ্যায়ে সবচেয়ে বেশি উৎসাহ দিয়েছেন তার মা। মায়ের পুরনো অভ্যাস থেকেই মূলত তার লেখালিখির আগ্রহ জন্মে। ভবিষ্যৎ নিয়ে যার কোনো উচ্চাকাঙ্ক্ষা নেই, নেই জগতের পার্থিব বিষয়ের কোন আগ্রহ, শুধু চান এই জগতে তিনি যেন একজন মানুষ হয়ে বাঁচতে পারেন।

www.ingramcontent.com/pod-product-compliance
Lightning Source LLC
LaVergne TN
LVHW051125051026
849532LV00004BB/1681
9798231068265